島游

4.0

蘇善 著

CONTENTS

目次

代號：海葵

登入

一、拖拖拉拉島

一枝拖出一方長
一梗拉出一里寬
拖拖拉拉綁風波
拖拖拉拉架海煙

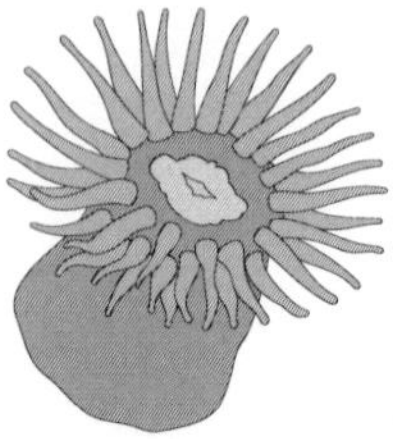

1.

歌，叫醒清晨。

水墨習慣在心裡哼著，倒是水文，每回總是扯開喉嚨高唱，不遠的屋子聽見了，不近的屋子也聽見了，她一直唱，不停，每一天她就是要這麼開嗓。

「安——靜——」最遠的一間屋子吆喝了。

其餘的屋子懶得發聲。

「不這麼唱，怎麼全醒？」水文吞下口水，臉頰鼓脹。

「吵人……」

「我喜歡！」水文回頭，給哥哥一個微笑，接著嘟嘴、瞪眼，問道：「要不……換你出聲？」

水墨聳肩，很明顯駁斥這個提議。

「是囉……」水文挑眉：「以後不准再嫌！」

喔……

哼！

幹嘛兄妹倆一大早就鬥氣？

水墨當然不想。

水文也是，明明知道哥哥沒有惡意，卻是陪著拌嘴，不為什麼，想開心就得這樣找些細瑣發蒙。

製造樂子。

過好日子。

或許可以讓更多耳朵聽見，讓人知道：兄妹倆很好！

跟以前一樣。

2.

以前，是怎樣？

「海還是海。」

水文瞪著哥哥：「多說一些嘛，『海』，怎麼形容？」

「一個『海』就等於時間和空間相乘。」水墨補充。

「要是沒見過海，不就盲了？」

水墨微笑：「住在這裡，沒見過海，難道他蒙著眼睛？」

水文嘟嘴：「相乘？等於？傷腦！」

「我以為妳每天唱，歌裡的意思都弄懂哩？」

「歌裡的意思？」

水墨點頭：「當然，那就是數學題。」

哇！數學！水文最討厭怎麼扳手指也算不出來的問題，更何況「相乘」這麼抽象，說時間是這樣，說空間是那樣，又說這樣又說那樣，總之，水文沒辦法把兩個變因攏在一塊兒，所以她摀住耳朵，壓根兒就不想讓麻煩進入腦袋。

水墨大笑，果然這妹妹……懶得動腦……

「真壞！」水文意識到了，那笑，是訕笑，所以她放開手掌，吐了一口氣，好深好長的一口氣：「認真跟我說一說，我會努力想嘛……」

3.

從何說起呢？

想著、想著，水墨輕輕地哼起晨歌。

一枝拖出一方長
一梗拉出一里寬
拖拖拉拉綁風帆
拖拖拉拉架海浪

哇……

水文插腰，表示不服氣：「哥哥的歌聲竟——然——這麼好聽……」

「竟然」有重重的咬字，而且拉長了間距。

水墨聽出那「意思」，趕忙求著：「噓……別張揚，最美的嗓音，當然是妳的。」

水文下巴微抬，表示抗議，然後接受轉了彎的讚美。

水墨趕忙吞了口水，改用提醒：「妳想想，頭兩句是不是就提到『長』與『寬』？」

水文嘴唇動了動，似在默念，眼珠溜轉一圈，然後，點頭。

接著，海默解釋：「第一個『拖拖拉拉』說的是時間，第二個『拖拖拉拉』指的是空間……」

「等等！」水文插問：「我以為那是在罵人『拖拖拉拉』？」

「妳是！我可沒有！」

啊？

水文掄起拳頭：「又拐個彎來笑我！」

水墨攤開雙手：「陪妳找岔兒！」

哈……

水文懂了。

水墨也懂了：果然這妹妹……捨不得……

4.

「可別捨不得上工喔！」一個聲音慢慢走了過來。

百事不管但管人的語氣。

水文轉頭，拿起食指掐高鼻尖，露出小孔：「不用妳說！」

酸氣絲兒，一縷。

水墨聳肩，不對著誰，是提醒自己：這兩個女孩就愛鬥氣，躲遠一些才是道理！

「捨不得海，真要命！」海葵吸了一句，沒停，她繼續走，走過頭了，這頭，是水墨直直地瞅，等著她自己犯病嗎？這一頭，當然還有活兒，水文已經坐下來了，雖然面上仍見咻咻，也算聽話啊，這丫頭，海葵嘴角微揚，只用眼神往這兒丟、往那兒丟，她沒打算解釋，反而給出一副忙碌的表情，甚至還有些警告意味，彷彿說著：別管我！接著，一跳，沒入，消失的瞬間一無聲響，教人來不及究探，海葵隨即竄了出來，左攬右攏，一把草，風乾的青綠，濕的大抵只有根部以上一小段黑色，是裹著泥團。

厲害！水墨目光發亮。

胸口悶得緊的水文倒是爽快大喊：「教我！」
「一定要教我！」水文坐不住了，起身一衝，正好撞著上岸的海葵。
「先抱抱！」海葵立即卸了手勁。
水文一聽，立刻迎上雙臂，沒有心理準備，不知輕重，硬生生被壓倒下去，倒在地上，心間雖生小惱，卻是頂著薄面，拚勁，使力，抱緊，沒有掉出半根草梗。
「重喔！」水墨趕忙搭手，詢問：「沒受傷吧？」
「這……有多重啊？」
「我掂掂。」
水墨攬起草枝，打橫，捧住，托著，果真以手為秤，專心估算重量。
身上少了重物，水文當然不想仰躺，她迅速起身，拍了拍，前胸、後背、手腳和屁股，低頭，承認自己不足，這不足，是體力、是能力，肯定是時間和空間相乘也無法給個數字，她越是吞聲越感懊惱，她咬唇，她嘔氣，明明努力了，可都不算數！
「討厭！」水文終於忍不住了，掉了兩滴眼淚，立刻把怨氣算在水墨頭上：
「哥哥只管數字！」
不然，還管什麼呢？水墨繼續他的斟酌。

「別理數字啦！」海葵轉了回來，這會兒，她既不管事也不管人，就地一坐，兩個腳板貼著，然後扳開趾縫，一邊喃喃自語：「就是弄得腳臭！誰幫我提些水來！」

水墨覺得女孩兒真是麻煩，一會兒鬥上了，一會兒各自尋味兒，忽然把他扯了進來，忽然又將他甩得遠遠的，而他，每一次都是認真的，說要秤重，他便拎起臂膀，怕毫釐之差，損了妹妹的自尊；說要洗腳，他便立刻考慮容器，怕多少之差，惹出海葵的嫌棄。

顧慮多了，水墨慢了半拍。

關於這一點，水墨自己早已掛記，但是，也不急於處理，兩個女孩沒有嫌隙，就是喜歡逗溜於瑣細。

「不准用腳臭嚇人！」水文嘟嘴，正面抗議。

「真臭啊！」海葵抬高腳板，要人自己證明：「聞一聞！」

水墨和水文二話不說，一個別過頭去，一個挪開幾步的距離，這樣，就是證明！

海葵笑開了嘴，眉頭也開了，她打趣提議：「要幹活，先愛上這一味吧！」

5.

腳臭，誰要啊？

「我的腳可乾淨哪！」水文低頭瞧著自己的腳，抬臉，臉上滿是驕傲。

可不！赤腳就該這麼乾乾淨淨的，黝黑，雖然很小。

海葵收起玩笑，彎腰，兩隻眼睛找著水文的目光，問道：「曬草很累，編草更累，不過，真該學的，就這兩樣啦，讓妳挑！」

水文頓了頓，挺起胸膛回答：「我……我不是已經會編草了嗎？」

「哈！妳編那……什麼玩意兒！」

「玩意兒！」水文跺腳，連忙跑到水邊，兩隻手一齊指向被繩索拉著的一隻小舟，大聲發問：「能浮、能游、能搭、能載，這船，可不是用來玩的！」

不是！

不是！

水文全身打直，無法移動，但是兩道目光如炬，燒著，漸漸地，眼珠射出餘燼，鼓鼓的胸膛才緩緩放鬆下來，神色瞬間轉為埋怨。

這小孩把一口怒氣衝得又急又猛。

水文的模樣叫人心疼啊。

水墨心底更急了，但是，不為所動才是上策。

總之，兩個女孩又朝彼此開火，天才亮哪，這下子，晝日不知道會延長幾時幾分？

「都不教人！」水文抬眼瞪著，眸子閃亮。

水墨揣度：背著光，加上距離，看不清妹妹的表情，但是眼裡那一點光，難道是淚？

「都不教人！」水文又喊。

「我？」海葵的指尖輕觸自己的鼻尖，別過頭去，瞧著水墨，問了：「你，怎麼不教呢？」

「呃……」水墨因此又得接話：「呃……還不是時候嘛！」

「什麼時候才是時候？」

「對嘛！什麼時候才是時候！」

「呃……」水墨無話可說，他自己也沒想過：什麼時候才是時候？所以，他努力回想自己是什麼時候開始幹活兒……

6.

歲月倒轉，應該回到什麼時候？

水墨不禁閉上眼睛，雙手跟著搭上，他必須借助手感，搓揉那一條時間軸，他感覺頭髮就是乾草，汗水編了進來，眼淚也揉了進來，但是他不知道他在做什麼？

應該「做」的，是「快樂」。

可是大人一直說：要搶。

搶什麼？

父親說：搶空間，不然，沒有立足之地。

母親說：搶時間，不然，拖拖拉拉毫無意義。

大家都說：如果「什麼」都不搶，就等著未來腐爛吧！

水墨懂了，快樂早就被「什麼」搶走了。

7.

什麼跟什麼呀？

水墨的思索纏在一起，沒人可問，無法解題。

因此，他決定放棄，他甚至放棄言語，就這麼拖拖拉拉吧，就讓時間和空間各自或一起算計，他想：萬一發生了「什麼」，都不會只是我水墨一個人的責任。

8.

然後，水墨只管「拖拖拉拉」。

沒想到，他對「拖拖拉拉」著迷。

因此，在大家眼裡：水墨愛上幹活兒，而且絕對是個快手無疑！

然後，又過了一些時候吧，他撿到水文。

水文被撈起來的那一天，「拖拖拉拉」結束，水墨慢慢滑動小舟，沿著島緣回到自己的草屋，才上岸，卻被一個微弱的聲音喊住：「不要再拖啦，拉我一把吧……」

原來多了一個重量！

水墨微慍，不是對著小女孩，而是氣著自己忘記思考、忘記尋找癥結……可惡！水墨心底咒罵，雙手對打，拳頭毆擊掌心，猛捶，自己活該受罪。

小女孩瞪眼，僵在原地。

水墨一會意過來，立即拔腿跑進自己的屋裡，手上抱著一團，遞進小女孩懷裡。

「謝啦！」小女孩單單一個點頭，鎮靜，但是隨即轉身，攤開那一團，大巾，然後披上，她擦抹，她拂拭，想必是要努力幫自己整理一個乾爽的樣子出來。

那背影，那動作，有故事，但是水墨不想追問。

9.

大家也沒問。

島上多了一個人，一個女孩，一個瘦瘦小小的女孩應該不至於產生危害，不過，水墨是知道的，小女孩如果住下來，她就會漸漸長大，超過公定的承載重量，所以，「拖拖拉拉」不但不能停，他還得更加勤快，得把小女孩的「時間」和「空間」預留下來。

10.

從此，小女孩成了「水文」，因為，跟著水墨，跟著姓「水」，也是單名，因為水墨喜歡那一片片的碧浪。

「謝謝哥哥收留，還幫我取這麼美麗的名字。」水文覺得歡喜。

哥哥？水墨羞了，他猶豫了，當人家的哥哥？我可以嗎？

「當然！」水文似乎看穿，微笑地說：「我一點兒也不麻煩的，就怕哥哥受不了，想要趕我走……」

麻煩？趕走？這話怎麼說？

水墨疑惑。

11.

果然，水文什麼麻煩也沒有，就是囉唆。

水文管他吃、喝、拉、撒，儼然是一屋之「煮」，甚至當起發「言」人，這一切，似乎瞬變，總之，水文不僅住下來了，很快與人相熟，甚至拉攏了住得最遠的海葵，兩個女孩一見面，要嘛吱吱咯咯，聊不完；要嘛眉眼對答，似乎在密謀著什麼。

水墨插不上嘴，只能搖頭。

12.

水墨搖頭，「拖拖拉拉」已經成了他的性格。

還不知道小女孩從哪兒來的？更糟糕的是，現在，他已經捨不得……

但是，他又擔心小女孩突然消失，就像她忽然冒出來那樣的，所以天一亮，聽見水文嘰哩咕嚕的聲音，他反而開心了。

這樣的開心，讓水墨也漸漸開了口，因為他想多聽一些水文的聲音，所以他得配合水文的情緒，弄著腔兒，哼哼唧唧的；偶爾趕在前頭，逗她一逗，讓她自言自語，水墨才好歇歇口。

啊，美好的日子彷彿是小女孩來了才跟著開始的。

因為，更久之前的記憶漸漸消磨，就像手掌的厚繭，結結實實的，雖然都是時光的痕跡，可是，真要說哪一樁哪一件，卻是沒能掌握。

記憶也如此拖拖拉拉的吧，新的蓋上舊的，舊的腐了、爛了，跟著水，流走或者沉沒。

所以囉，還想這些做什麼？

13.

水墨抬起臉，搔搔頭髮然後理一理，嚥了口水。

海葵等著。

那一頭的水文也等著。

水墨聳肩，只好答應：「如果妳現在想學，現在就教妳……」

哇！水文嘴巴張大，暫時「做」啞。

「是不是？」海葵使了一個眼色：「完全如我所料！」

「太棒啦！」水文在水邊跳躍、歡呼。

兩個女孩預謀呀！

一個笑，一個鬧，水墨明白了，肯定是水文心急，想要跟著幹活兒了……唉！我還想偷懶哪，這活兒，一旦熟手了，大人就不肯放妳歇腳了……

「妳也真是的……」水墨瞧著海葵，皺眉，輕聲嘟噥：「陪著陷害我……」

「也好，你可以輕鬆一些……」海葵話說一半卻轉頭喊著水文：「快來，準備上工！」

14.

「拖拖拉拉囉！」水文宣布，聲音裡全是振奮。

海葵立刻提醒：「可不准拖拖拉拉喔！」

當然！

水文睜大眼睛，似乎回答：這還用說！

小舟已經被水文丟下了，此刻，她知道了：那小舟，是不著邊際的玩意兒，那是她偷學的紮船技法，相當簡陋，就是一捆乾草，兩頭綁緊，撥開中央，一個凹，留底，可以坐一個人，這一個人，當然是水文小小的身軀。如果厚度不夠，凹底滲水，等於白做了，若想修補，塞入一層，把草折了，橫著，恰好掩蓋縫隙，勉強完成，頂多浮盪幾日，就得撈出，好讓乾草做其他運用，不能浪費了。

15.

「拖拖拉拉」是表裡言語，說人，也說事。

開起玩笑，指罵習性。

說真格的，有關生存，所以水文不能不學，所以水墨不能不教。

海葵也明白，越早懂得「拖拖拉拉」，越能自由自在，她因此插手，把時間逼進空間，嚴格說起來，這對大家都好，萬一怎麼了，沒有人會願意讓出東一塊、西一塊。

大家只能自顧自的。

16.

對於水墨而言，「拖拖拉拉」是一身兩藝，也是「兩役」。

島，是「拖拖拉拉」出來的，也得繼續「拖拖拉拉」，大家才能活下去。

「左拖右拉？還是右拖左拉？」水文才碰上，就連伸手也難：「還是雙手一起，拖一下再拉一下？」

「好啦，讓妳問暈啦！」海葵笑了。

水墨也嘖了一聲：「真是服了妳，給妳一問，我的手腳跟著打結了！」

海葵看著水墨，果然頓了一頓，真是鈍了，那動作少了平時的犀利，但是口舌變得習慣鬥趣，嘴角也不時掛著笑意。

海葵心底嚷起：水文啊水文，這可得謝謝妳！

17.

走到屋子前方，水墨用手一指，問道：「拖拖拉拉，選哪一捆？」

水文皺眉，沒看出差異，走近一些，摸一摸，嗅一嗅，她無法確定，也就沒有回答，於是慢慢踱回哥哥身邊。

「摸，可以，嗅，也可以，如果妳站遠一些，」水墨指著腳下，「用眼睛就能決定。」

「那是你！」海葵提醒，笑著說：「人家是第一次『拖拖拉拉』呀！」

水文已經嘟起嘴巴，表示小小抗議。

「所以才先說重點……」水墨擺出指教的姿態。講重點，為了抓攫時空。

水文掐掐臉頰，吸了一口氣：「好，重點是……」

「顏色。」

水墨伸手指前又指後，補充：「日光。」

水文轉身，立即遮眼，因為太陽慢慢打亮，還有一面無邊無框的鏡子，似乎跟著偏移角度，閃動光波。

「妳瞧屋前和屋後那些草，哪裡不同？」

水文轉起頸子，打量屋子兩側的的草塔，猛一瞧，的確無什差異，就是幾綑草互傾互依，底部是草梗，頂部是草尖，形狀看似一座塔，因此，水家大草屋和小草屋左右，其實是被草塔包圍，可以讓出的空地不大，鋪滿草枝之餘，就成了水文嬉遊的區域。

「這是昨天的！」水文跑到最近的一座草塔。

「時間有關係，但不是這麼玩的！」

水文立刻跑回，又轉了一次頸子，再轉一次，不夠！

於是，來來回回緊盯細瞧之後，水文突然大叫：「顏色！」

海葵笑了：「一開始不就跟妳說了？」

「剛剛沒放在心上嘛……」水文臉頰浮出紅暈。

「記住，看天色、看草色，就是『拖拖拉拉』的第二準則。」

那麼，第一呢？水文的疑問立刻爬上眉頭。

喔？真要得！海葵輕輕一瞪，揣想：腳下這一片紮實的「草地」，靠體力、靠毅力，但是，心思才是最重要的！不愛說話的水墨啊，顯然是把心思都放在「拖拖拉拉」之上了。

18.

「第二準則，再說一遍。」

好！

水文點頭，接著動用指頭，一邊評一邊點一邊解釋：「這個深一些，那個最黑，然後……當然是昨天的最新鮮。」

水墨聽著……緩緩點頭。

「這麼簡單？不過，大致沒錯。」海葵幫著水墨糾正，同時幫著水文把缺失先承認了，這麼一來，水墨就沒處發火了。

發火？水墨倒是笑了，眼下的情況哪裡有「教導」的氛圍呢，海葵一旁撐腰，別說嚴厲了，想把要訣說得仔細一些都不可能了，瞧瞧水文那副樣子，還是一派玩性呢。

「妳好好學！」水墨嘟噥。

「我是在認真學啊！」水文蹬腳：「但是，哥哥不能用謎說謎啊！」

「哪有？」

「就有！『天色』、『草色』、『第二準則』，明明就有『第一準則』是吧？幹嘛不先說，說了第一，再說第二，這樣不是比較簡單嗎？」

「哈！哈！哈！」海葵捧著肚子。

「哈！」水墨一張嚴肅的臉也瞬間被苦笑擠得皺巴巴的。

水文故意拖拖拉拉又補了一句：「簡單才記得住嘛……」

19.

好！把「簡單」換成「第一準則」。

水墨吞了口水。

海葵也把身子拉直了。

水文摸摸臉頰，讓情緒冷一冷，接著，又把耳朵拉一拉，準備聽個清楚。

「草，割了捆了，堆在一起，站在陽光之下，靜待，等著炙陽將濕氣曝盡，等著濃綠變淺黃，不必使勁拖，手指拉拉就能彎，做屋做船，鋪了，就有地，一層新

疊一層舊，不怕一層腐壓一層爛。」水墨開口，小心用字。

聽著、聽著，水文的專心跟著頭偏了方向，想像是誰發現這個了不起的技術？靠著蘆葦，就能代代相傳？

海葵也聽得入神，這節奏，像唱歌一般。

水墨越說越順口：「找出揉合時空的節奏。」揉？水文手掌互搓，眼睛也溜啊溜。

「用力！」

水文使上勁兒，感覺手心有火，她嘟起嘴悶哼：「會疼耶……」

「當然！妳這麼細皮，還會流血喔！」海葵半警告半嚇唬。

啊！水文暗吃一驚，頓時啞口。

水墨提醒海葵：「誇張！拖拖拉拉，是鍛鍊，從指頭到掌心，從手腕到肩膀，每天拖拖拉拉，整個人也會跟著強壯。」

「對啦！像我，手這麼粗！」海葵攤開自己的手掌，接著握拳，兩腿一屈，亮出一個穩固的蹲踞：「身子這麼穩！」。

水文後退一步，瞧著，嘴角飛揚：「我就是想要變成這樣……」呵！海葵臉頰泛起紅暈，這小娃在誇獎？

水墨總算放下擔心：「以後可不准喊痛。」

「真的痛，當然要喊啊！」水文吐吐舌頭。

20.

原來，「拖拖拉拉」如此意涵！如此陽光！

海葵打從心底服了水墨，這人，踏踏實實地生活在這個時空之上，儘管這「島」，這「拖拖拉拉島」其實是浮於一片汪洋。

「動手吧！」水文摸摸手掌。

「好！先考妳！」水墨指著一座塔林，問道：「先拖哪棵？」

水文掃視一遍，淺笑，但是故意說著笨鈍：「我能不能去聞一聞？」

「只准目測。」

「我是新手耶！」水文撒嬌。

「『新』手？」海葵嘖了一聲：「我就是『老』手囉？」

「儘量目測。」

「我真的需要聞一下嘛……我的鼻子比較厲害……」水文其實已經用「拖拖拉拉偷偷掙了一些時間。

海葵暗忖：水文啊，我看妳是腦子最機靈吧？

「嗯……好吧，只此一次。」

海葵呵呵偷笑，果然哥哥擋不了妹妹這一招。

水文立即拔腿：「等我一下！」

「你被耍了……」海葵這才提醒一臉嚴肅的傻哥哥。

水墨面色平靜。

海葵以為那是遲鈍，不意竟聽到水墨回覆：「玩耍才是她的工作……」

21.

哈？水墨看懂哪？

海葵瞪大眼睛，瞅著：「你是故意讓她？」

「她真愛『拖拖拉拉』……」水墨強調那四個字，是諷諭。

「我最傻！」海葵頓時覺悟，舉手輕拍雙頰：「原來你們兄妹聯手誆我、哄我哪！」

「別往壞處想！」水墨搔搔頭，低頭認帳又賠禮：「我也剛剛看清，腦袋還悶轟轟的，以前只顧著趕、趕、趕，所以總以為『拖拖拉拉』是限制，是苦差事，被妹妹這麼一攪和，我才發現『拖拖拉拉』也可以是運動，也可以是樂活兒！」

海葵皺眉，癟嘴：「我還是覺得愁……」

「愁？我倒覺得妳很……」水墨從記憶中找字，眼前似有一些影像快閃，但是沒有一個夠鮮明、夠清楚，足夠讓他湊上一個形容。

嗯？很「怎樣」？

海葵等急了，兩手插腰。

「我好像聞到燒焦味囉？」水文打岔。

「煙！對了！一會兒是水氣的煙，一會兒是火氣的煙……」水墨自認揪住漂亮的描摹。

「煙！」水文大叫。

水墨繼續「白」描：「對，白天的煙，一大早就擋在眼前……」

「是煙！真的是煙！」水文提高聲音。

水墨愈描愈「黑」：「夜晚的煙，飄入夢境，還會做鬼臉……」

水文不得不大跳大叫，雙手揮動，驚醒哥哥那一雙朦朧的醉眼：「真的在冒煙！那邊！」

六隻眼，同時拋遠！

22.

煙！

海葵寧可那煙生自海上，而非島上。

就像水墨自以為是的形容：水氣的煙、火氣的煙、白天的煙、夜晚的煙，但是，無論如何，煙，就是警報。

跑！大家都知道！

水墨指揮：「濕草！」

於是三人各自取「道」：水文依著方才的嗅聞，衝向屋子左側抓起剛剛紮好的一綑，一手攬一手抱。

嗯！重量剛好，因為水文不想晚到。

更快的是水墨。

抵達煙圈周圍，水墨繞著煙柱，判斷地面顏色，選定一處深濃，他兩指抽取，一抽青一抽綠，不斷揀選水氣尚重的草枝，捧個一把，再趕一步就能抵達煙灶所在。

反向行動的，是海葵。

海葵不找煙，她沿著島緣，穿越。

穿越一塊又一塊斷斷續續的草原，海葵要找水源。

23.

水墨腳下已經揪齊一片濕草，疊疊累累，差不多跟他的膝蓋等高。

海葵雙手各抓一把蘆葦，剛從海裡拔來的，因為根部還掛著水滴。而水文，才差須臾，她氣喘吁吁趕到之時，煙幕散去。

露出的是叮噹和笑語。

露出的是鍋碗和饞意。

「什麼呀！原來是打牙祭！」水文頓時垂放雙手，調整呼吸。

「沒事……」水墨也鬆了好大一口氣：「這樣最好啊！」

「嚇死人哪！」水文將草梗抱得更緊，因為顫慄一時無法消釋。

水墨見狀，趨近，他伸手扣住妹妹的肩膀，安撫一句：「應該隨時警戒，但是，妳放心，我們都在！」

水文點點頭，勉強拉起嘴角問道：「可是，幹嘛不早說啊？」

「打牙祭從來不挑時候！」海葵聳肩，看來是無奈但是必須接受：「既然都割了，咱們也吃點東西吧！」

水墨放下懸心：難得海葵願意露面喔……

海葵左手接過右手的負擔，右手則從腰間撈起揹袋，看準位置，坐下，再從揹袋中拿出一把隱刃小刀，拉開刀鋒，抽出一支蘆葦，削根，剖莖，一截嫩白，再一削，青白分離，空心枝梗留用，中芯就拿來烤食了。

「我們一起去烤！」水墨邀請妹妹。

水文則說：「你們兩個去，我還得喘一喘！」

「好吧！」海葵起身，聳肩，然後吩咐：「妳把草梗抱回去，就撒在屋子前面。」

水墨也提醒一句：「別亂撒！」

水文吐了舌頭，表示抗議：這一件事，我絕對勝任！

然而，水文同時在心裡正正經經的計畫：橫拖倒拽太無趣，她得玩個新遊戲！

24.

煙幕升起，打著牙祭之名，其實是島王召議。

海葵與水墨拿著嫩芯，慢慢趨近煙幕邊緣。

「來啦！」

「露臉啦！」

大人的聲音紛紛說著，一個爐一盆火，一盆火一個鍋，一個鍋一間屋，一間屋一家過活。也就是說，此刻，加加總總，大家、小家都來了。

大家小家，拖拖拉拉，連繫成一個島，為了維持一個島，彼此更得拖拖拉拉，在生活上互相聯繫。唯有海葵與水墨慣於離群，分別打理，什麼會議也不常參與。不過，水墨有草做橋，還算綁著，為了安全顧慮，水墨一直安靜觀察島上動靜，至於海葵，她喜歡獨居孤島，亦漂亦泊，只管種植蘆葦，雖然也得「拖拖拉拉」，但是可以跳出慣例，只依興致，補補修修，當然不聽島王律令，不過，她喜歡水墨，無人不知，她特別愛護水文，也是毋庸置疑。

「這樣隨性不行！」

「屋子太低！」

「吃水太深，危險哩！」

大人的聲音紛紛評議，都是關心。

海葵半句也不回應，倒是水墨替她撥接大家的盛情與好意：「改天……喔不，明天！明天我一定去幫她處理。」

這些話語，就跟煙幕一般，想要看清，不用眼睛，想要明白，得用腦袋，這些，聽似歪談亂講，無不指向一件本分事：生存。

總之，海葵家只剩一個，大家紛紛盯屋盯人，一邊幫閒一邊幫忙，萬一，她沉了耳沉了心，她沉了釜沉了舟，總是遺憾再添一樁。

海葵懂得，水墨也知道，可她就是聽不慣嘮叨。

25.

久而久之，大家轉向水墨，再三催促，那口氣，從談笑頻頻催成奮激，漸漸夾雜著焦慮。

「趕快造個長島連過去！」

「對！你連過去！」

「若是你，她肯定願意！」

「拖拖拉拉，就是該連在一起。」

「海水不欺，才有生機。」

這些話語，如不介意也不當真，就是風議，假若慢慢聽進耳中，倒也是個不壞的

定計，畢竟，「拖拖拉拉島」的道理也就在這裡，想把海水踩在腳下，大家得同心，還得畢力，一旦有隔，潮水偷襲，這海啊，明是一面鏡，暗是一把刀，翻騰一次，就有老老少少變成孤遺，這海葵，便是其一，所以，這海葵，怎能繼續固執下去？

總之，海葵的小孤島，破壞規矩！

26.

島王尤其在意，他壓抑怒氣，向左右叨呶：「我的命令到底不行！」

「您多慮……」左位大臣擦擦額頭，急忙解釋：「是海葵偏愛謐靜。」

「您放心……」右位大臣摸摸下巴，思前算後，眼神篤定：「水墨願意相助，表示情況就是證據，堅實與壯大必須並進。」

情況？證據？

拖拖拉拉，說的是種草、割草，怕的是草破、草爛，這「拖拖拉拉島」既存在也虛無，或浮或沉，可以目測，當然既是情況也是證據。

「為王的，哪有功夫嚇唬你……」島王勉強給出一張笑臉，皺紋擁擠著等待與不耐以及更多的焦急。

左位大臣只好左一句：「您多慮。」

右位大臣跟著右一句：「您放心。」

27.

「剛採的！」海葵進入煙團，遞上新採的嫩芯，忽略所有言語。

微笑與震驚霎時口傳心遞，大家當然感到訝異，向來不與人交際的海葵姑娘竟然主動獻禮，大家不禁交頭接耳，最後都把目光投向水墨那裡。

這一陣安靜的騷動比議論還要詭異。

海葵忽然轉頭瞪著水墨，問道：「干你啥事？」

「啥事？」

「你跟大家串通了？」

「串通？不是本來就連了地皮？」

「你耍嘴皮？」

水墨聳肩，攤開雙掌：「我的手無法迴避。」

「跟你的手有啥關係？」

「白工啊？」水墨吸了一口氣，解釋：「既然同心，就得協力，你的小孤島必須連在一起。」

「你覺得我會聽你的？」海葵轉了一圈，她明白了：「大家也都認為我會聽你的？」

水墨僵住：是……

不是嗎？

況且，我的心也不想迴避……水墨想說，但是噤口。

28.

天色矇曨，日光還見三寸。

臉色驟暗，歡欣與希望總共僅餘一分。

煙團緩緩飄散，鍋爐漸漸降溫，依照慣例，為了安全，必須澆灑海水，這一回輪到誰呢？大家瞧呀瞧、望啊望。

人呢？

輪到誰？

怎麼沒人？

哪個傢伙如此誕放？

大家等得躁慌，本來收拾好的牙祭心情，瞬間鬧騰。

「安靜！」

誰喊？

總之，順著聲音，大家挪一挪、讓一讓，一條通道因此打開，露出爐灶並聯的那一頭，島王擺正了臉龐，仰著鼻，左右大臣停下嘴皮，溜著眼珠，交換了目光。

「決定！」左位大臣遠遠盯著水墨。

「命令！」右位大臣遠遠盯住海葵。

這……

那……

這一頭，那一頭，大家轉頭又轉頭，深怕錯過任何一方的動靜。

左右大臣，各自提著一個罐子，各自離席，各自囈語，這左右分開卻又如一的舉動，教大家不得不疑問：澆水之勞，大臣何必親手親力？

「本王癡愚，」島王倏地站立，他拉長頸子，環顧四周，眼神放遠隨即回到兩個大臣身上，他清清喉嚨，嗓音反而混濁，像在哭啼：「本王，每日就想活命，左想右想，也沒能張智。這邊拖拖拉拉，那邊拖拖拉拉，才有如今光景，但是，拖拖拉拉，拖過時間，空間也會扒拉、扒拉，送給潮汐。」

大家豎起耳朵，覺得新奇，這是島王第一次這麼多話甚至講得口水摻著鼻涕，以至於，有人堅信那是淚滴。

島王大吸一口氣，他指著兩個大臣解釋：「總之，『拖拖拉拉』只做了一半，另一半，要『即知即行』。」

一半？一半？

拖拖拉拉？即知即行？

大家繃著面皮，彷彿等著島王獨白之後加演無聲戲，所以，大家皮緊、肉也緊，等著時機，要把胸口的情緒積蓄，蓄到頭頂。

水墨竟然覺得輕鬆，被這煽情的演說逗開了眉頭。

哈！哈！海葵則是心裡有數：大人啊，磨的練的功夫，有的沒的功夫，都在拖拖拉拉，是的，光是在「拖拖拉拉」字面上計較，也是能過日子啊！

「拖拖拉拉！即知即行！」島王終究放聲一嘶。

拖拖拉拉！

即知即行！

大家都舉高手臂，一齊高呼。

怎麼回事？

大家怎麼都掉了眼珠？喔不，是兩眼翻白，失了神，落了魄。

不對！

海葵倒抽一口氣，直覺狀況不對！

頓時，一絲氣味嗆上鼻翼，海葵趕緊摀住口鼻，聲音衝出指縫問道：「煙中有味？」

迷魂？

水墨隨即會意，立刻憋氣，點頭表示：確實！

29.

拖拖拉拉！

即知即行！

意思是？

海葵顫抖，不祥的預感湧上，她摀口大喊：「快走！」

30.

「分頭！」水墨立刻應變。

然而，遲了，大家一湧而上，身體的擁擠與眼中的敵意摻進嘈嚷，海葵瞬間失去蹤影，被人帶走？或者自行逃逸？

煙幕還在。

大家依然麻痺。

煙裡有毒……水墨只好轉身，努力憋氣，看似帶頭，其實也被催逼，他得趁勢，借力挪移，也許，人潮邊緣可以探出究竟。

31.

水墨找到茂密的草叢，躲了進去。

草生海上，所以水墨算是跳進水裡，他露出眼睛，一寸是鼻孔與水面的距離，恰好呼吸，因為煙會飄高，壓低身體，煙毒的影響越低。

拖拖拉拉？

即知即行？

「糟了！就是要拆海葵的島！」水墨腦中嘟噥。

所以海葵如何反應？

水墨揣想海葵可能採取的行動，於是游開，游向末端，他悄悄划動，盡量不讓水紋擴張，幸好，被迷煙支使的眼睛都是直瞪瞪的。

攀上草船，水墨立即趴伏，緩緩搭著船沿，探出半個頭，極目搜查島上動靜，大家果然集聚在大島末端，正在「拖拖拉拉」，後面的人一把一把遞上草梗，前面的人一枝一枝鋪陳，平時慢條斯理甚且充滿韻律的動作，此際全然盲幹，也不計較草梗是否透乾。

麻煩了……

「簡直災難……」水墨預估：「別說連不上，恐怕會一起下沉……」

32.

拖拖拉拉島之外的海面上，海葵的小孤島還在，屋子還在，但是，屋旁那一隻游在空中的大草魚不見了，莫非落海？

或者已遭破壞？

可能另一波動員早早登島行動？

33.

沒辦法了。

水墨立即划動船隻，趕到大家前面，大喊：「醒醒！」

大家沒有反應。

是充耳未聞？還是執念莽撞？

「必須喚醒……」

如何消解麻煙？水墨左右張望，海面光光蕩蕩，只有冰水……

冰水沁魂？

水墨抽出小刃，喃喃自語：「只好試一試！」

這短刃，水墨平時帶在腰間，可以隨手削切蘆葦，粗細好用，也可以隨時搭手幫人，加入編工。這時候，水墨迅速切開船首繫繩，讓前半部稍稍分而為二，但是船首依然綁緊，所以船隻仍然可以行進。

「對不起啦！」水墨口中喃喃。

水墨兩腳分踏，大腿使勁夾緊，彎身，手掌黏合如碗，捧舀海水，向島上潑灑，他奮臂猛攻，試圖以冷冽醒「目」，以清水洗刷欺矇的麻煙。

趕快醒來！

34.

「好冰！」

「我掉進海裡啦？」

「幹嘛推我？」

「是你一直擠過來！」

一兩個，驚惶；三、四個，慌張，看似清醒，卻對眼下現狀的前因後果沒有印象，更多的身軀與心靈不知道被麻煙拘禁在哪個地方。

水墨手不停、話不停，他大喊：「一個揪一個，趕快醒醒！」

「喔！」一個點頭了。

「快醒醒！」第二個幫上忙。

第三個和第四個卻是拔腿想竄，然而，盲從的陣勢與阻擋大於單人獨力，轉了片刻、竄了半晌，兩個仍在原處，脫不了身。

水墨只能再加把勁兒，劈手，不劈腳，挺住腰桿。

35.

大島末端延伸，因為「拖拖拉拉」持續進行，前面的人一枝一枝鋪陳，因為有後面的人一把一把將草梗遞上，草疊草，手接手，目的在於：「接管」。

島，平時就是這麼維持，一層舊，一層新，草梗密合不滲水，卻又留縫給枝枝節節，曝曬一些陽光，然後甘於漸漸沉浸，最終甘於腐爛。

「拖拖拉拉不能這麼蠻橫！」水墨後悔，早知道早一點跟海葵商量。早知道！

忽然，一聲巨響，一道水柱衝破海面。

還有一條魚，飛在半天！

36.

魚嘴探出一顆頭，小小的，是水文！

「你們這些壞人！」

壞人！

壞人！

一雙雙眼睛往上吊，都瞧見了魚吐水花，說話！而且開罵！

「幹嘛拖拖拉拉！」水文斥責，宛如天譴。

哎呀！

哎呀！

大家睜開眼睛，一瞬，驚嚇瞧驚嚇，無言問無言，嗅到手上的草梗才察覺不妙：我拿著濕草做啥？

「別搖！」

「別晃！」

前面的人發現足下單薄，身體相對沉重，紛紛低頭一探：怎麼腳底沾水了？

「快逃！」

「快跑！」

然而，後面的人仍在大島之上，仍因濕草遲疑，尚未騷鬧，站立原處發愣形同一道牆，堵住去路，後面的人更急、更慌，兩隻腳團團轉，越轉越沉。

「別拉我！」

「讓開！」

「滾！」

「救我……」

第一聲絕望的呼號在出聲的那一當下幾乎就被淹沒了，這淹沒生命的，是海水的冰冷，也是人心的冰冷。

「跳過來！快！」水墨在船上急喊，催人也催促自己，他得儘快再把船身綁在一起！

然而，遲了……

原本半濕未乾的草梗更加容易吸水，草「地」的重心斜了，新生的一端還負載著暴發的推擠與逃奔，失足的人數激增，水墨眼看小船無法搭救，他只好咬牙，滑開。

滑開……

水墨無奈。

船，也顯得黯然。

「我得先顧自己……」水墨撇頭，不看人禍與災難，至於那塊新生「地」，必定崩塌。

啊，拖拖拉拉，必須佐以時空框架呀！

島主和左右大臣也許並無惡意，只是心急。

眼下，水墨只有一計：「暫離……」

37.

水墨邊划邊找，拖拖拉拉島漸漸渺遠。

「水啊，最能淹沒暴亂……」水墨擱下雙臂，讓自己喘一喘。

回想暴亂場面，水墨仍然微顫，這時候，該場的已經沉了，能跑的應該逃了，但是，拖拖拉拉島還是得繼續住人？

海葵的小孤島是否無恙？

水墨站立，放眼遠眺，一個目標從旁側漸漸靠近。

38.

飛魚漂游，浮停海面，水文的頭探出魚嘴，她用力招手：「哥哥！快過來我這邊！」

「魚！妳！」水墨的問題本該分開，但是狀況緊急，他質問：「妳動了什麼手腳？」

我？

手腳？

水文抓緊魚嘴，探出頭，自己的頭，然後敲敲魚頭，似乎問著：「這隻魚，這隻船會飛？我不知道……」

對！而且還飛那麼高！

水墨這才覺得寒慄，雖然危險看似暫時過去。

「妳？魚？」水墨溜動眼珠，示意：趕快給我好好說明！

大家正在享受牙祭的時候，妳躲到哪裡去？

水文點頭，仰頭，低頭。

「我只是躲進魚身，睡了一覺，翻了一個身而已……」水文努力回憶：「不過，在那之前好像……」

好像什麼呀？

水墨等著，沒說話，但是張著嗟訝。

水文閉眉、張眉、鎖眉。

「後來，我看見……大家很壞，硬是要把海葵的小孤島拉過來……」水文咬著唇，臉頰又鼓起：「一個人一個島不行嗎！」

39.

水墨和水文，一艘雙排草船和一隻草魚。

「一個人不容易啊……」水墨丟了繩索，囑咐：「拴緊一點，我可不想妳又變成飛魚！」

「我不是魚，是在魚的肚子裡！」水文說得輕鬆，她一邊繫繩，用力，得跟哥哥綁在一起，可是，她又想：一個人玩，挺有趣，在那裡……

那裡……

哪裡？

水文覺得有些暈眩，印象有些模糊，她輕輕甩頭，想把腦袋裡的記憶重組。

困在扮戲？

「怎麼回事？」這個問題是兄妹倆同時提出的。

水墨指的是：「妳為什麼躲進海葵的魚？」

水文說的是：「大家幹嘛攻擊海葵的魚？」

「因為魚能游。」這個答案也是兄妹倆同時陳述的。

「魚能游，有機關？」

「魚能游，可以逃到好遠好遠……」

「妳去瞧瞧！」水墨讓妹妹再鑽進魚肚裡探一探。

「你也檢查一下！」水文提醒哥哥看看魚身表面。

40.

問題和解答都不在魚身上。

這魚，這魚船，當然也是草編，平日就架在海葵的小屋前方，這一隻草魚船被四根草柱捧高，底下一把草梯斜放，讓人上上下下，海葵用它來瞭望，水文用它來躲迷藏……

所以，會飛的不是魚。

有力量的，是海水，是翻浪。

「啊！那一推！」水文努力又想了想，她想起一個關鍵，不禁興奮：「我是先

飛？還是先搖晃？」

水墨也被點醒，指向空中，問道：「有沒有看見海葵？」

這……

「只有看到青黃……貼著湛藍。」水文趴在魚嘴邊緣，撈起一手海水，卻見透明，她倏忽大喊：「藍！藍！噴到我臉上的水色是藍色的！深藍！跟這裡的不一樣！」

水墨覺得懷疑，也捧起一些海水檢視：「海水一直都是透明！」

「沒錯！沒錯！」水文強調：「我看到藍色！」

問題是：那一片海，在哪裡？

41.

哪裡？

水墨同時暗自興問：這會兒，要把妹妹帶往哪裡？

偌大的海，時間和空間都無法著地……

著地！

水墨被自己的徬徨嗆喉，腦袋卻霎時清朗，閃出一句，鏗鏘：「再去種一塊草地！」

對了！對了！

再去種一塊草地！

42.

還有一隻魚，被海潮帶離。

進入另一個海域。

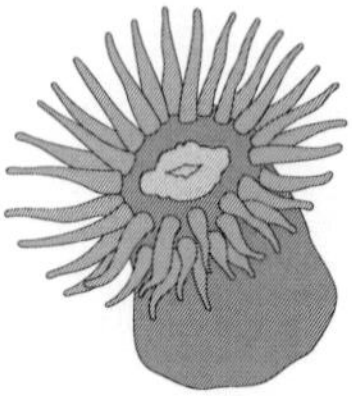

二、偷偷摸摸島

一顆丟出一分深
一粒堆出一寸廣
丟丟堆堆追潮汐
丟丟堆堆逼濤浪

1.

歌，安撫夜晚。

但是，那棟的手抖個不停，他咬著唇，怕嚇走魚，怕嚇走好運，他忍著言語，其實心裡驚呼：「這魚，凶狠！」

「哇！大魚上鉤！」旁觀的，竟然出了聲。

噓！

那棟急轉頭頸，瞪眼、嘟嘴，意思說：「噓！」

嗯！

點頭的，是小小個頭的那樑，他伸出一雙細臂，幫忙握住釣竿。一股勁兒，點水之力，不夠使，雖然不能將魚兒拖出水面，心意倒是滿滿，那棟頂了頂手肘，示意那樑退下，那樑嘟嘴，自知礙事，隨即收了手、退了腳。而那棟，既然拒絕助力，只能逞強，他猛一提振，憋一口氣，讓氣力衝向四肢，穩住下盤，挺起上身，他撓動長竿，總算！釣線總算跟著帶勁，總算！那棟勾起一隻魚嘴，雙唇懸張，一半在水下，一半在水上。

「胖！」那棎脫口一字。

「魚，胖？」那棟歪頭，直覺哪裡有些異樣，就是說不上。

「真的是……」那棎皺眉，找不出其他形容，所以又說了一次：「胖！」

哪有什麼魚是胖的？

那棟想呀想，前額貼向後腦杓，找呀找，找不到一張魚的影像。

事實上，這一支竿子枯等太久，難保不會忘記柔軟的力量，甚至連那棟的手骨也是硬梆梆的，一直敲石頭，只會向下重擊，不懂伸縮，忘記讓一讓，才好再拉一拉。

但是，魚身的確龐大，按理講，小魚，半晌就要露出尾巴，用目光一掐一算，應可抓準力氣得用幾分，總之，那棟的模糊理論都跟時間與空間搭不上，反而得靠那棎一聲喝令：「拉！」

拉！

那棎的手懸在半空，繃著，他使力，咬緊牙根。

「我拉！」那棟迅速換氣、吸氣，胸部鼓起，臉部脹紅。

那棎見情勢不妙，於是繞到那棟後面，張臂一攬，就抱住那棟的瘦腰，死命不放。

2.

拉得久了，時間裂斷。
拉翻了，空間跳彈。

3.

「拉！」
兄弟齊力，兩股勁道，既不拌合，也不平均，然而，這樣的凌亂反而駕馭浪湧，那魚，似乎也放棄了反抗。
更何況，那棟和那樑把兩人的賭誓和志氣一起用上。
贏了魚，拚上濤浪，一半勝算。
贏過滔滔的海、滔滔的天，拚上了日子，才有八成勝算。

於是，那棟和那樑同心鬥浪，咬著牙，忽左忽右，半順半逆，總算！一隻圓滾滾的草魚動也不動地躺在水邊。

水下的石頭跟著哀號了吧？

「這魚，會不會太胖啦？」

4.

的確，魚，圓胖胖的，不尋常。

更不尋常的是：魚嘴裡鑽出一個人。

啊！

啊！

兩張嘴，無聲驚喊，那棟的嘴巴在下，而那樑的嘴巴在上，因為，兩個男生跌成一團。

5.

這一團，是那棟和那樑仍然軟癱。

那一團，開始變形，拉直，伸出四肢，接著側轉，撐起、挺立，站定，然後朝自身捶捶拍拍、拉拉整整。

「原來妳就是那一團肉？」那樑抱著哥哥也抱著疑問。

「沒禮貌！」女聲小叱：「什麼『一團肉』！」

那棟只是盯著，沒能找上適合的話語反應。

「妳被魚吞啦？」那樑又問。

女聲回答：「是被救了，是魚救了我的命。」

魚救人？這可不懂啦！

那樑轉頭，望著那棟，期待解釋，卻只瞧見一張紅通通的臉，雖然不甚清晰，在綠燈的映襯之下，兩朵小小的紅暈貼在臉頰，有些對比的意味，也讓黑夜多了幾分動靜。

問題是：哥哥，你這是害羞？幹嘛害羞呢？

那樑皺眉，瞅著。

那棟的頭只能偏，因為不能再低了，他索性也不起身，手掌摸石，像隻獸，四腳爬行，撿拾那一支被甩丟在岸邊的釣竿。

6.

「還好……你放的線可真長……想釣什麼？」女聲問道，語氣柔軟。

那棟坐著，轉動捲輪，慢慢收線，他回答：「釣大魚！當然要放長線，更何況，這岸越來越淺，水越來越遠……」

那樑低頭，聽出其中的懊喪。

岸越來越淺？水越來越遠？

女孩眺望，滿目所見，盡是漆黑，光之所在，僅僅腳下周圍，女孩看見兩隻影子忙著閃躲，前前後後，都被一盞小燈左右，沒影子的，就是自己。

沒有影子！

女孩暗驚：我沒有影子？怎麼可能？

7.

「你這燈……怎麼是綠的？」女孩挑別的來講，避開自己的窘境。

「綠光燈啊，不就這個樣子？」那樑搶答又搶問。

說是燈，不如說是一個玻璃瓶，裡頭有葉有根，所以看起來像是……綠燈。

「不是吧？咱們那兒的燈……」女聲突然煞住：「那兒……沒燈。」

沒燈？那樑張口瞪眼，他推測：這女孩，住龍宮啊？

開什麼玩笑！那棟抬頭看了一眼，大抵是制止，所以那樑隨即摀住嘴巴，藉機打量女孩，這才發現女孩根本什麼衣服也沒穿！

也不是光溜溜，就是一層薄薄的布吧，因為濕透了，身體曲線十分明顯，凹凹凸凸之處，令人好奇卻又不敢觀瞻。

原來如此！

那樑溜動眼珠，瞥向哥哥，這才發覺他收拾了好久的釣竿依然是長，不是早該縮成一截嗎？跟我一樣高？那樑還發現那捲輪已經不動了，可是哥哥個手掌依然搖晃，是空轉！是假裝！

哎呀！

那樑得想個法子，因此先把時間暫停，他說：「等我一下……」

那樑鑽進黑暗。

綠光中，只有一個影子窘困，是那棟。

而女孩，仰首，抬眼，努力不去揭露自己沒有影子的真相。

8.

這小子！

那棟暗暗咒罵，心底更慌，他想：幹嘛把空間丟給我一個人！

更恐怖是，綠光全都爬到女孩身上，那棟的眼睛睜著，根本不能不看，不管頭

怎麼偏、眼睛怎麼閃，那曲線，左眼丟給右眼，右眼回傳，右眼被逼，只好擠在角落，伺機偷偷轉到眶邊，再抓緊一些，只要挨近鼻樑，猛一撞，便能教左眼滾開，好生承擔自己的視線。

對了，那線，是釣魚線，不是女孩身裁的邊緣！

「我這線，真的很長吧……」那棟找話。

但是女孩沒搭。

轉了一圈，女孩問了：「這兒是哪兒？」

9.

她改口，應該先問的是：「為什麼我會在這兒？」

女孩自說自話，但是，她似乎並不訝異，也不急慌，反倒點破男孩的倉皇：

「你怕什麼？為什麼你的手一直抖？線都捲回來了，還在空轉？」

呃……那棟頓時板僵，他想：原來妳都瞧見了……

10.

「我怕妳會害怕，所以沒敢亂動……」

「怕？你怎麼會知道我怕什麼……」

一句瞎扯對上一句蠻話。

11.

「給妳披上……」那檪突然冒了出來，遞上一件東西，好似從黑暗中拉出另一條黑暗。

那檪用手一指。

女孩低頭一瞧。

嗯。

兩個男孩轉開目光，這是基本的禮貌，但是女孩毫無彆扭，反而趨前接下，自然而然地說：「起風了，正好。」

12.

是的，風，慢慢浮動，夜，全面包圍，而且濃重。

兩個男孩的呼吸也恢復節奏。

那棟總算鬆了一口氣，起身，三兩下便將漁具收拾妥當。

女孩笑問：「所以，你剛才都在磨蹭什麼……」

「磨蹭？」那棟的臉頰熱燙，他給了解釋：「摔疼了，被一個小胖子壓在身上！」

「明明是你壓人！」

「我轉了一圈，被你當肉墊！」

「難怪我沒感覺……」那樑這才摸摸身體，檢查痛傷。

「傷啊，全在我的手上！」那棟伸出雙掌，動了動、轉了轉，自己也驗驗痠疼，同時做勢強調方才的「磨蹭」真的不是發僵。

「好吧，回家！既然都收拾好了。」

女孩，初來乍到的，竟然提議「回家」？

女孩這麼說，是想幹嘛？

那棟支支吾吾地說：「為什麼我們要帶妳回家！」

「為什麼我們不帶她回家？」

「她是魚……喔不，她從海裡來……」那棟怎麼說怎麼怪。

「沒錯，她從海裡來……不過，她不是魚！」那樑幫忙找岔。

女孩點頭。

那棟仍然支支吾吾地說：「我們為什麼要帶妳回家？」

「很簡單！你把我釣上來，所以要帶我回家。」

「對啊！釣了魚，然後把魚帶回家。」

那棟的疑惑沒有稍稍緩減，因為他想遠了：「然後呢？」

然後呢？那棟想得很遠……

然後……那樑也努力想像，他偏了頭，忽然笑出聲音：「吃飯！」

13.

走囉！
路，只有一條。
兄弟倆帶路，女孩跟上。
明明踩在一顆顆的石頭上，行走，怎麼可能穩穩當當？
女孩感覺腳下的路，造假，石頭路怎麼出奇地平坦？
況且是在水中？在海邊？

14.

離了水，上了岸，黑，自行隱退，換上白，一格一格，好像搶著告白，紛紛說是：白非白，無疵才是毛病。

總之，這白，在夜裡也是假得教人心慌。

15.

「肚子好餓啊！」那椺一進門就喊。

跨過門檻，女孩開始打量：白，特別亮。

明明燈只有小小的一盞，白光，還被那棟提在手上。白光？

咦？在外頭，在黑幕下，那一盞不是裹著一團綠光？怎麼在裡頭、在屋內竟然就變成白芒？

牆，也特別亮，因為沒有別的，既沒掛鉤也沒衣櫥，既沒桌子也沒有床，照理說，一對兄弟，床，應該有兩張。

那椺就座，就坐在地上。

那棟也沒生氣，逕自提燈往深處走，放下漁具，墊腳，把燈擱在上方，再鑽深

一些，三兩下便摸出一個圓餅，他遞上：「省著點！」

那樑眉頭糾結，先嚥下口水，再吞一次，這才伸手接過大餅：「只剩這……一個？她，怎麼辦？」

喔，我不餓。

真的？

那棟要當稱職的主人，所以直接分配：「三份！」

那樑嘟起嘴：「少吃一點點……應該還有力氣……」

「這會兒還要力氣做什麼？不就睡覺嗎？」

夜晚。

「睡覺！」那樑張大嘴巴，幾乎用喊的：「才要幹活哪！」

16.

「藏哪？」

那棟左瞧右瞧，聳肩：「哪有地方？」

藏什麼？

女孩東張西望，心裡猜想：這白壁白牆白得發亮，哪有什麼貴重的東西想來搶光？或者值得深藏？

幹嘛這麼嗆！女孩微笑，偷偷苛責自己的尖酸。

「妳。」

喔……女孩懂了。

「我？」女孩假裝迷糊，介紹自己：「海葵。」

「什麼怪名？」

「沒骨之花，在海底游泳千年。」

那棟點頭，但是皺起眉頭：「這會兒不要被看見了……」

怎樣？女孩兩手岔在腰上，等著回答，一副無所畏懼的樣子。相反地，那棟看似在意，不過把話說得平靜：「大家都知道的規矩：沒事不要露臉，想露臉就得有本事。」

那樑也點頭。

海葵懷疑這一對兄弟的消極：「你們……這兒，過著什麼日子？」

「黑暗的日子。」

「顛倒的日子。」

海葵更加懷疑這一對兄弟的處境與言語：「可是，你們的房子這麼亮光光……」

「都是泥土，山的骨灰。」那棟垂肩，嘆氣，話中沒有多餘的肺火，只是又哼了一聲，嘆道：「這是最苦的『拆』事。」

拆！

拆什麼？

瞪著空無一物的屋內和牆壁，海葵沒有半點線索。

17.

鏗！

鏗！鏗！

鏘！鏘！鏘！

「幹嘛這麼嚇人……」那樑跳了起來，撫著胸口。

「一定出事了！」那棟催促著：「妳就隨便裹一裹！」

那棟一說完，衝向燈光，一拍，再拍，便又把綠光提在手上，對著弟弟說了一聲：「跟上！」

「喔……」

好啦，這下子可解決了，人群中最好藏人！

那棟眼下只能如此設想：希望女孩也夠機靈，千萬不要隨便出聲。

18.

海葵盯住綠光，左拐右彎，牆，白牆，在黑夜裡，一段又一段的白牆連接，似乎沒有終點。

街巷！

海葵忽然懂了：這是一座城！

不大不小的一座城，但是，人呢？除了一對兄弟，人，都到哪兒去呢？

海葵憋著疑問，嘴上沒敢亂哼，不過，她忙著手腳，把自己裹成另外一個人。

19.

「怎麼這麼慢……」一個聲音衝著那棟低吼，不像責怪，倒像提醒。

「等一個人……」那棟沒有藉口，只得招認。

誰？三個人同時轉頭，但是目的不同。

那樑嚇了一跳，因為看見一團什麼，只有露出兩只眼睛：「幹嘛一直不出聲……」

那棟也嚇了一跳，因為看見女孩變成男身，他摀口，隨即把態度一扭：「這傢伙常常迷路，不能不幫忙拎著！」

親戚？朋友？

不管啦！

那個聲音只拋出兩眼。

不管哪一隻眼睛，都是隨便問問，其實不想探問答案。

那棟也拋出兩道目光，一道給那樑，一道給海葵，意思是：就這樣！還有：沒人問就不要講。

海葵點頭，吸口氣，把胸部再微微內縮，努力把肩膀拱出稜稜角角。

那樑也點頭，呼口氣，把嘴巴閉緊，眼神也不飄了。

20.

果然沒人多看一眼，密密麻麻的人頭只管前面，女孩的身影變成其中一個，蜷蜷縮縮，瘦瘦小小的。

人群貼身站著，密密麻麻，數不出幾個，海葵只能仰首，想要看清狀況，加上墊腳也不夠。

人群的目光一直被鎖著，那是一個鑼。
還有兩隻敲鑼的手。

21.

工頭釘，用大釘敲鑼：「現在，重新分配工作。」
工頭錘，舉起大錘也敲了鑼的圓周，他補充：「有沒有人自告奮勇要接下新工作？」
人群安靜騷動，轉頭，眼神交會，彼此詢問，或者教唆？你？我？
不、不、不。
但是，沒人用力搖頭，僅僅眼神閃左閃右，不動，等著。畢竟，新工作怎麼可能會比舊「拆」事還要輕鬆呢！
沒有人出聲。
沒有人舉手。

「那麼，我來分配工作。」工頭釘從懷中揣出一紙，背面一看就知道是密密麻麻的文字。

人名。

工頭錘說明：「點到名字的，跟我們走。」

22.

那棟。

那樑。

咦？也叫到那樑？那棟搖頭，懷疑自己的耳朵。

「等一下！」那棟發急，舉手提問：「那樑什麼都不會，叫他做什麼？」

那樑站在最後，一愣，一怔，隨即回神，轉為氣憤，暗暗嘟噥：幹嘛！哥哥當眾損人！

所有人都回了頭，紛紛贊同，心裡都想：這個小子，除了能鑽，鑽時間，不幹

活兒，鑽空間，一個人尋樂，真的，真不知道新工作要他做什麼！

工頭釘，盯著大家：「叫他就是會用到他！」

「不要懷疑，填海造地，大家一起做活！」工頭錘敲了敲鑼邊，提醒大家：「現在，必須多會一門絕活！」

對！

這樣活，那樣活，無論如何，偷偷摸摸！

沒錯！

大家把懷疑都收了，各自回頭，各自張開耳朵，有人被叫到名字，動了動關節，準備大展身手；有人繼續手邊的工作，臉上恢復平和，只是疑問還連著一條懸絲：什麼絕活？

什麼絕活用上那個小毛頭？

「我……能不能再帶上另外一個！」那棟支吾地說。

工頭釘摺好紙表，往口袋裡塞去，他抬頭：「誰？你的弟弟？不是只有一個？」

呃……那棟張嘴，沒出聲。

那樑跟著屏氣。

「表……弟……」那棟的手緩緩指向另一個。

海葵低眉，藏不了臉，只好藏住眼神，一時之間，只能順著那棟的盤算，以及冒險！

23.

這島上，這座城市，誰不知道誰？誰沒見過誰呢？

那棟沒有選擇。

那樑怕哥哥自己找上麻煩，他感覺額頭上冷汗冒出一顆，另一顆躲在頭髮裡面，他的頭皮瞬間發寒，冷汗直滾，前一顆被後一顆催著。

海葵憋氣，為了把每一寸肌膚縮著，為了把每一處凹凸繃平，海葵繼續憋氣，睫毛不敢抬，眼珠不敢溜，她心裡咒罵一句：真是要命了！

24.

「就帶上吧。」工頭釘說。

「可以，多一個人手。」工頭錘附和。

突然間，目光落索，彷彿什麼懷疑也沒有，本來大家都想要一個解說，譬如名字、年歲以及耐力如何，因為兩個工頭不再細問，大家便省卻一番追究。

大家的心思回到交派工作，有的希望續留，有的希望換新，於是又盯著兩個工頭。

那棟倍感輕鬆，連連點頭，甚至給了保證：「一個盯一個。」

工頭釘左瞧又瞧：「很好！一個小，一個瘦。」

工頭錘摸著下巴，打量：「就怕力氣不夠……」

那櫟立即握拳，把牙關咬著：「誰要試試呢？」

哈哈哈……

大家被逗笑了。

海葵仍然擔怕，不明白那棟幹嘛執意要帶上她？

不過，她還能去哪兒？

被釣到這個島上，海葵知道：暫時也只好留下。

25.

工頭釘又敲鑼：「島主講話！」

那樑低聲嘟噥：「每次都這樣，煩不煩……」

嘖……

噓……

嘖的是戳破威儀與表面的童言嗎？

噓的是冗長的訓誡吧？

那棟伸指戳向那樑的頭，那樑低眉，是接受指責嗎？

那樑皺眉，揉揉自己的頭皮，仰首，不服氣地說：「不然你聽，是不是又要說重複的話？」

這……沒錯啦……那棟只能瞪眼，表示無奈。

工頭錘輕輕點觸鑼邊，宣布：「安靜！」

26.

海葵嚇了一跳，連忙抱胸、低頭，咬唇，口中含混一句嘟噥：幹嘛大家一起轉過來看我！

那棟和那樑也是，不過兩人眼睛吊在半空。

哎呀！目標不是我……

於是，海葵緩緩轉身，這才發現：一塊巨石，矗立在後。這麼一來，海葵就是站在最前頭，所以她得把頸子再向後推一些。

「辛苦了！」一個聲音從天而降。

聽起來……像神……

海葵的疙瘩突然竄起。

大家紛紛抬頭，身體因此直挺，個個把目光放高、眺遠，同時，島主俯視眾人，在「蟠木岩」，岩頂有一團光。

蟠木岩，是一塊巨大的石頭，突出地面。

巨石兩旁岔出幾棵樹木，向上生長，拱著、捧著一間屋子，屋頂一盞大燈，向下照射，所有樹木閃動光澤，四周景物因此清晰可見，好似裹著一團火球，照亮四面八方。

看起來……也像神……

27.

海葵站在一個最近的斜角下方，仰望，恰好清楚看見半張臉，因為另一半被鬍鬚遮掩。

海葵嘴中喃喃：「原來不是神……」

那棟小聲應和：「神級的……天真……」

「什麼叫做『神級的天真』？」那樑插嘴。

噓！

那棟此刻不想也不能解釋，他制止弟弟的胡思，但是亂想早已占據他的腦子，他不得不回憶舊日，那時，山尖尖的，島綠綠的，沒有半間房子，因為大家只搭棚子，圍著一個大池……

28.

島主再說一次：「大家辛苦了！」

鏗！

工頭釘像應和似的，敲鑼，一聲，努力拉拔大家的情緒。

鏘！鏘！

工頭錘隨即點觸鑼邊，兩聲，激發大家發出吶喊，回覆島主的關切。

喔！喔！

果然，大家鼓胸鳴噪，表現了順頭順腦的形儀。

「咱們偷偷摸摸不為別的！」島主自己也是投入十分的情緒，他的面頰泛紅，眼眶裡轉著淚波，他用顫動的聲音：「生存！在所不惜！」賭誓！

海葵心頭一震，這賭誓，怎麼到哪兒都一樣？

29.

「在所不惜！」工頭釘複誦。

「生存！填海造地！」島主舉高雙手，隨即放下，指向前方的遙遠。

「填海造地！」工頭錘搶跟一句。

喔！喔！

大家也跟著高舉手臂。

「這麼合作超怪異……」海葵懷疑。

那棟聳肩，攤手：「不然怎麼辦呢？」

那棟知道兩個工頭的忠誠，是心口如一，不僅自律，還管人管得嚴厲，每一天、每一天的進度不容稍差毫釐，因此，多年下來，一寸一寸地拆，一塊一塊地卸，百丈山禿了「頭」，剔了「鬍」，山沒山形，草木也自動斷根。

兩個工頭的表現，讓島主微笑了。

30.

「生存！在所不惜！」

「生存！填海造地！」

島主再喊，兩個工頭幫腔，大家也齊聲吶喊。

在所不惜？把人都犧牲了也沒關係？

填海造地？

搏擊滄浪？

未來，可以賭誓？賭的，是大家的此時與此地呀！

島主的聲音迴盪來去，在時間裡，這夜，將分秒凝聚，好讓大家的工作一直持續，一夜又一夜，島主的聲音也迴盪在空間裡，教大家牢牢記住似地，從耳朵灌入，送到每一條脈搏。

海葵沒有參與的打算，自然沒有心思想去推翻賭誓，倒是那棟和那樑的反應讓海葵覺得矛盾，兄弟倆似乎像是局外人，反應不熱也不冷，就是看著一切發生。

31.

在所不惜。

填海造地。

咒語？

32.

島主一說完，大家便像著魔之後瞬間清醒卻又神魂離體，動作看似並非出自意志，一個個轉過身去，有快有慢，但是秩序井然，一大半往左，路線熟悉，所以不用誰來領頭。其餘，暫緩半晌，稍等，等兩個工頭走到行伍前面，接著才抬腳啟程，亦步亦趨，往右，就是新工場，有新的「拆」事等在那裡。

那棟帶著那樑，面無表情，跟上，只是腳步有點緩慢。

而海葵，呆立半晌，她看著漸漸走遠的背影沒入黑暗，忽然間，天上的光減了亮度，黑夜裡起了微風，另一邊，僅剩那家兄弟的後背仍在視線之內，一高一矮，一搖一晃。

海葵趕緊轉身。

跟上，海葵也沒敢讓自己落單。

33.

兩個身影，一高一矮，一搖一晃。

「生存，真是苦『拆』事啊！」那棟一邊走一邊低聲抱怨。

「可是，山拆了就沒了……」那樑只能說些自己看見的。

原來，那家兄弟早有怨語！

原來，這個差事是「拆」事，是拆山！

海葵因此提問：「哪裡有山？」

「妳後面的後面！」那樑沒轉身，只是向後拉開手臂，朝向彼方的黑天暗地。

海葵轉頭，又轉了回來，嘆了一聲：「這麼懵，真討厭。」

除了黑暗還是黑暗。

此處的光線有限，幾步距離之外便陷入黑暗，然而，風在流動，在上方，是那種毫無阻隔的直來直往。

「究竟多遠？」海葵問道：「那裡是另一隊的工場？」

那樑點頭。

「山已經不像山了……」那棟有些懊喪。

「不像山？」海葵無法想像。

「妳剛才看到的蟠木岩是『剩山』，剩下的，最後一根石柱，不算粗……」那棟放下燈盞，在路上東找西找想要尋個物件比擬。

卻被那櫟搶先提問：「是不是就像小指？」

呃……那棟挺直身子，讓燈盞打亮那櫟的手，微笑了：「差不多……可以這麼說。」

「啊！真的假的？」那櫟嚇了一跳，其實他未曾見過山的原貌，因為，當他參與「拆」事的時候，山，已經缺了一大塊。

山，要看一整座，那得回到多少年以前？

34.

拆下來的山呢？

蹬！蹬！那樑停下腳步，用力頓腳，左一下、右一下。

海葵不懂。

「踩在腳下。」那棟因此出聲，轉身，解釋：「特別是釣妳上來的那一帶海岸，容易劈接，那些平坦的石塊都是山的殘骸。」

殘骸？

驚悚的形容。

謀殺一座山！

海葵起了疙瘩，搓摸雙手，左手安撫右手，右手安撫左手，她想起水濱的光溜溜，疑惑串接實情，一下子被驗證的真相，叫人心悸、恐慌，她問：「幹嘛？」

「壯大呀！」那棟換一個說法，具體的說法：「劈山接地，增加島面積。」

劈山？

接地？

「了不起！想得到，做得到，」海葵看著兄弟倆，揣測情緒：「這表示你們的島主有見地。」

「應該是兩個工頭出的餿主意……」那棟搗嘴，讓音量儘量降低。

那樑反而爬拉嗓音：「一會兒叫我們往東一會兒叫我們往西，隨便點名！」

噓！

那棟手指壓唇，然後指著空中，示意：「飛耳。」

35.

會飛的耳朵？

那棟點頭，證實海葵眼神之中跳起的懷疑。

「飛蛾！」那樑反倒興奮地喊。

到底是飛耳？還是飛蛾？

「妳瞧！」那棟提高燈瓶，手指一碰，綠光熄滅。

三人乍盲。

瞬間之後，四周的空間漸漸浮現，因為有光，點、點、點、點。

光，一點一點的，飛來繞去，光點連成線段，空間顯得更加立體而明朗。海葵努力聚焦，想要抓住形體，但是枉然。

「飛蛾！」那樑又喊。

那棟提燈，一拍，乍亮，但不刺眼。

柔光之下，海葵得以投注目光，她看見一隻蛾！喔不，兩隻，拍動翅膀。

飛蛾撲來，如果不停，一定就會撞向那棟手上的燈盞……海葵心想。

「放心，這飛蛾不撲火，牠們竊聽！」那棟看懂海葵的擔憂，所以繼續解釋：「牠們是兩個工頭的耳朵，收集瘋言！」

「他們才是瘋了！」那樑忿忿，摸摸肚子咬牙低吼：「不種吃的，把島變大，想幹嘛！」

36.

「人啊，不能沒頭沒腦！」是工頭釘的聲音。

「拆山填海，才是聰明人！」是工頭錘的聲音。

飛蛾說話！

不僅竊聽，牠還應答！

又是渾身疙瘩，擋在海葵前面的迷霧再添一層。

37.

「飛耳是飛蛾。」那樑的模樣竟然顯得異常開心。

「飛蛾是飛耳。」那棟卻是擔憂的神色。

「飛耳會說話，飛蛾也會說話，什麼跟什麼呀？」海葵自言自語，因為她必須整理這一對兄弟的邏輯。

那樑拍手，繼續戲耍：「飛蛾是蛾，飛耳是耳。」

那棟提高燈盞，湊近弟弟的臉，他反駁：「飛蛾不是蛾，飛耳不是耳。」

「你們在說笑！」海葵忽然一嘖。

咦？那樑覺得失落。

哈！那棟微笑了。

海葵點點頭：「是吧？那是一種……」

一種……

海葵不想說「樂子」，但是兩個男生闢不急待，等著想聽「形容」。

忽然，四周響起轟隆。

是釘，是錘，是釘錘敲著大鐘？

快！

三個人拋下飛蛾，衝！

38.

「人啊，不能沒頭沒腦！」工頭釘的聲音。

「拆山填海，才是聰明人！」工頭錘附和。

海葵還在喘氣，可是，這兩句，怎麼聽來有些熟悉？

「每天、每天掛在嘴邊！」那樑呼呼噓噓。

「剛剛妳聽『飛耳』說過了，是不是？」

「是『飛蛾』！」那樑堅持。

安靜！

別惹事！

幾個聲音偷偷提醒，那樑咬唇，而那棟，竟然發笑，還嗆著了！

「人啊，最好個個是棟梁，是吧？」工頭釘的聲音飛過每個人的頭頂，揪住那棟的反應，質問。

呃……

那樑結舌。

那棟卻應答：「沒錯！一點錯也沒有！咱們棟梁！只不過是木頭！」

喝……兩個工頭愣了，頓時找不出訓詞。

哈！哈！哈！

棟梁！

木頭！棟樑，兩根木頭！

爆笑紛紛出「籠」，是大家心裡的牢籠，面對嚴肅與詭譎的氣氛，大家還不知道新工場的狀況，這麼一逗，一笑，緊張的身體瞬間放鬆了。

那棟和那樑一鞠躬。

做戲呢！

然而，海葵不懂，這一對兄弟，人前笑嘻嘻，人後嘟嘟噥噥，沒有一句不是抱怨，時而咒罵的言語夾在其中。這差異，必定藏著詭局，海葵提醒自己：注意！

39.

注意！

釘錘互擊。

「一顆丟出一分深，一粒堆出一寸廣。」工頭釘說話，像唱歌一般。

「丟丟堆堆追潮汐，丟丟堆堆逼濤浪。」工頭錘接續下一段。

總有一天，山會被拆光。

這是可以預見的未來景況，到時候，這島，怎麼辦？總有一天，「拆」事沒了，大家會不會比較輕鬆？那棟看著那樑，兄弟倆，四隻眼睛互瞪，那樑的嘴唇緊

閉但是洩露牙關緊咬氣憤，至於那棟，兩條眉越皺越近，似在叮嚀：千萬別出聲！

「我們得掙取分寸！」

「我們得找替代品！」

這一釘一錘，一鏗一鏘，完全貫徹島主的意願。

大家靜靜地聽，心中卻是忐忑浮盪，不免要想：這新工場，是忙活兒？還是盲幹？

40.

新工場，在島的另一邊，海邊。

但是，這路，走起來，平坦無比，海葵在心裡比較，她問自己：「莫非，整座島都是假的？」

41.

「這路，怎麼暖呼呼？」那樑問起，當然是把聲音壓得低低。

但是那棟聽見了而且立即回應：「的確，跟『山』路不同。」

海葵聽出重音所在，也立即會意：「山」路，指的是舊「拆」事，是把山拆了，填海，造地。

那樑點頭：「嗯，的確，『山』路應該冷冰冰的。」

那棟自問自答：「所以，咱們不是去拆『山』？」

更何況是通向海邊？

「海邊會有什麼？」海葵趕緊幫忙勾繪可能。

不是草。

不是草船。

不是長在水裡的草。

不是藏在水裡的草船。

「唉，也許拖拖拉拉真的比較簡單。」海葵忽然興起感嘆。

「拖拖拉拉？」那樑噗哧一笑：「學我？哪有那麼簡單？妳忘了？飛耳會揪到妳的把柄！」

「所以大家都被抓到把柄了嗎？」

那棟聳肩又垂肩，只說：「兩相權衡。」

生？死？海葵在心裡接著問，丟出眼神。

當然！那棟也立刻在心裡回應，拋出目光。

「喂！別把我扔在一旁！我懂！」那樑晃動手掌打破默劇，他負氣地說：「不要看輕小孩。」

42.

「當然！這得小孩才做得來。」工頭釘的「飛耳」先閃了過來。

工頭錘的「飛耳」也跟著「拍」至眼前：「瘦巴巴的，更好辦事！」

又瘦又小最適合？

難怪！竟然會允許我帶上兩個麻煩？那棟懂了。
但是，有詭！
那棟心裡叮嚀自己：提防。

43.

果然，抵達海邊。
海葵聞到海味，而赤腳感知的那家兄弟，從「路」的冷暖藉著時間察覺空間的變化。
總之，這路，不是鋪著草皮，海葵吸一口氣，準備迎接「撞擊」。

44.

撞擊。

不是釘錘嬉戲。

一聲又一聲，猛烈的撞擊，海面之上，吞吞吐吐的，竟是痛苦的回音。

那棟不禁抓住那樑的手，他說：「別亂跑！」

「搞什麼？」海葵心頭震驚，但是無從琢磨。

「現在，準備拆船！」

「拆船，鋪在海面！」

工頭釘立刻補充：「各就各位！別偷懶！」

「別打混！各就各位！」工頭錘緊跟。

海葵心裡發噱，釘釘錘錘，吵得很！然而，船？是了！海邊泊船，當然了！但是，拆船？就憑釘釘錘錘？怎麼可能！還說「各就各位」？海葵攤開赤手一雙，能做什麼？

「來！最瘦最小的那兩個！」

哪兩個？

大家不理，兀自紛紛前進，慢慢散去。

不是說這裡是「新工場」嗎？怎麼每個人都知道該往哪裡？

所以，最瘦的是海葵？最小的，是那樑？

那棟立刻發聲：「把我算進去！我負責監督可不可以？」

工頭釘應允：「正有此意。」

45.

所以，這安排早已議定？

是島主的命令？還是兩個工頭的主意？

那棟沒有表現太多詫異，表面上，他只是接受所有安排，旁人以為他是顧慮弟弟，他便這樣把「為兄」的職責攬起，包括那個高高瘦瘦的「表弟」。

「你們三個過來！」

嗯！

那棟首先行動，其次是那樑，接著是海葵，工頭錘殿後，稍轉，漸離，大家的綠燈和身影一起沒入黑暗裡。

「去哪兒？」

「別嘟囔！」工頭釘丟下一句話。

「不是新工場嗎？」

「有更難的工作給你們。」工頭錘多透露了一點點。

那樑直問：「難？會有多難？」

那棟聽出其中的誇張，幫忙緩頰：「儘管用上我們！」

「當然！」工頭錘點頭，說道：「這工作，是島主特別指定。」

工頭釘則是叮嚀：「不准張揚。」

「為什麼？大家都知道我們沒去新工場，一定會問啊！」那樑立刻反應。

「沒人會問。」

「沒人會來。」

一釘一錘交響，斷定。

但是……沒人……

哪裡怪怪的？那棟說不上來。

那樑摸頭，思索然後脫口：「我們回去就會碰到人啊！」

「不回去。」

「住下。」

什麼！

46.

工頭釘指向高處：「樹下。」

而工頭錘指向腳下：「船上。」

那棟首先仰頸，其次是那樑，接著是海葵，轉了一圈，三雙目光回到兩個工頭身上。

樹？船？都在海上？

海葵這會兒率先提問：「為什麼我們要住下來？」

對了！這才是重點！

那楝和那樑心中偷偷慶幸：好險，差一點兒就越問越遠……

「拔樹尋根。」工頭釘把話說得跟謎一樣。

「刨樹更要尋根。」工頭錘把謎又繞成一團。

那楝切入：「這樹，到底要不要砍？」

填海造地，所以這樹必死無疑！那樑已經斷定結局。

「越砍，它越有生命力。」

「越砍，它的枝葉會越茂密。」

喔！

又說謎語！

拜託！

工頭釘接著說：「砍枝葉，不如斷根柢。」

工頭錘挑明了：「所以才需要你們鑽進去。」

鑽？

進去？

六雙眼睛同時瞪直……

47.

懂了！所以瘦小是必須的。

海葵又問：「這樹多大啊？竟然需要我們鑽進根柢？」

兩個工頭指上指下，意思是：自己瞧瞧去。

48.

時間被空間接替，風起。

一道堤。

造假的陸地。

49.

那樑低聲問道：「這樣偷了多少地？」

那棟回應：「問題是：哪來這麼多船？而且都被拆了？我們怎麼都不知道呢？」

「對啊，偷偷摸摸的……」

海葵噗哧一笑：「島主不是早就承認了？」

「可是……」那樑覺得應該辯解，卻是支支吾吾地：「我們以為只是拆山而已……」

那棟瞭解弟弟的委曲，繞了一個彎，也加上自己的詮釋：「說不定，船多拆一艘，山可以多留半片壁。」

「沒錯！島主正是如此衡量。」

「我們也是這樣提議。」

「也就是說，是這棵樹把船搶過去，我們為了造地，砍了樹，搶了船，就能多出一塊地皮。」那樑一句接一句。

這根木頭竟能推理！

工頭釘點點頭，說道：「簡單來說，是的。」

工頭錘卻搖頭：「不會像你說的那般容易。」

「所以我們鑽進根柢，然後呢？」海葵又問對重點。

剛剛說：住下來？

那棟皺眉，直覺：哪兒不對勁呢？

50.

「餵毒，三天。」兩個工頭同聲發言。

海葵先是一怔，隨即明白這個局面已經無法改變，只得噤口，看看狀況，再來斟酌應變空間。

工頭釘說明：「樹根非常強韌，一個撒粉，一個灌湯，我們等著它氣息奄奄，才好斬斬剁剁，才好拆船。」

「狠……」那樑吞了口水，轉了舌頭：「很……費勁啊……」

「意料之外的費勁啊……總之，剉枝、削葉太慢了，而且……那棵樹的再生能力實在教人吃驚！」工頭錘描述，好像遇見鬼魅一般。

搞得像謀殺一樣！海葵心裡忿忿批評。

那棟轉頭一瞪，似乎聽見海葵的怨氣，所以動了動嘴唇，意思是：別找麻煩！

「真是麻煩！」工頭釘露齒，瞧著：「所以才寄望這一招，寄望你們三個人。」

真是榮幸啊……那樑微微聳肩。

那棟小心翼翼地問：「這個方法……管用嗎？」

「不管！咱們只要遵從島主的命令！」

「萬一沒用呢？」海葵提問：「我們怎麼辦？」

怎麼辦？

回家囉！那棟和那樑面色忽然轉成開朗。

「不行！」

「為什麼不行！」

「島主不准！」

「為什麼不准！」

「失敗！」工頭釘說：「丟臉！」

咦？

這是什麼理由？

51.

真相總是殘忍。

工頭釘說：「島主需要威嚴。」

海葵仰頭，迷茫，她問：「所以要住在高高的巨石上面？」

「重點是：開疆闢土，十分艱難。」工頭錘望向漆黑裡的左邊和右邊。

左邊開疆，疊的是捕魚船，右邊闢土，架的是撈蝦船，不知道從哪裡漂來的，總之，只要是船，大船、小船、船肚子、船尾巴，只要能拆，就能鋪上。

工頭釘苦笑：「沒想到，樹也來爭。」

「樹……竟然可以活在船上……活在海上……」那樑皺眉。

對喔！那棟和海葵同時被這一句提問彈了腦筋。

「別問了！」工頭釘下令，制止遐想。

工頭錘跟著催促：「拿藥，就往根裡灌！」

海葵伸手去討：「藥呢？既然有毒，我們要不要防一防？」

「放心！甚至可以握在手上！」工頭釘往胸前一摸，一把東西一攤，果然可以接觸皮膚，倒是味道隱約飄出一些異香。

那樑不敢趨近，躲到哥哥身後，反推那棟上前，那棟只好湊上眼睛和鼻子，仔細打量。

工頭錘也掏出一把，攤開手掌，說道：「這膠囊，三天溶化，也就是說，你們只要抓緊時間，在溶化之前爬出來，就會沒事。」

真的假的？那棟和那樑連問都不想問了。

海葵反而點頭，她望著膠囊，心神頓時被鎖入其中。

52.

三天？

是長是短？

海葵才從魚肚出來，所以，這個「三天」聽起來就像「海浪」，看似明朗，卻是無法測量。

至於那樑，懶得揣想，他立刻望向那棟，因為這個哥哥一向厲害，能鑽時間，不管什麼釘錘都沒能扣留分秒；這個哥哥呀，還能鑽空間，鑽到世界的邊緣，一個人尋樂，偶爾會帶上他，躲過飛耳。

所以，那棟知道時間和空間之間的較量，把「三天」給一棵樹，代表什麼意思？

「早去早回，只能是這個意思。」那棟說著讓自己也覺得模糊的解釋。

「就是這個意思。」工頭釘點頭。

工頭錘的眉頭微微揪了一下，雙唇也是，但是未發一語。

那樑只好自己催促：「好！我鑽！」

53.

「記住！三天！」工頭釘提醒。

工頭錘猶豫片刻，提醒：「總之，趕快回來……」

當然！

一定啊！

誰想躲在下面！

三個人心裡嘟噥，直覺不對勁，兩個工頭言語閃爍、態度鬼祟，但是這個節骨眼上，好奇勝於恐懼，走一趟肯定強過留在原處，心裡也會感覺好過一些，然而，揣上毒藥？

謀殺一艘船？

喔不！是毒殺一棵樹。

54.

登船。

一艘種樹的船？

一棵開船的樹？

登、登、登，三個人，抬腳，踩上甲板，登船；反方向的是工頭釘和工頭錘，才一轉眼，兩個人就回到堤邊。

那棟心想：因為找到合適人選，差事就算完成一半。

給了命令，給了毒藥，當然輕鬆！

那樑嘟嘴，暗暗抱怨：這算什麼工頭？也不帶頭幹？

海葵倒是理解：如此簡單「交辦」，代表「餵毒」極可能只是一個實驗，也就是說，成不成其實無妨？

55.

燈、燈，兩瓶，一瓶給那樑掛上脖子，方便行動，所以海葵得跟在他的身邊，一瓶則讓那棟留在身邊，當做歸返的指引。

說鑽就鑽，那樑將膠囊塞進前胸口袋，拍了拍，說道：「包在我身上。」

接著，那樑也將頸間的燈瓶放進另一個口袋，光線因此被口袋吞掉一些，不過，還好，口袋淺薄，仍能透光，因此，明暗區分上下，那樑的方向感因此增強。

蹲身，一觸，樹根拉長；一探，樹根拓寬，一觸一探，一長一寬，那樑便摸出一條向下的路徑。

海葵只好緊跟。

56.

問題是：毒藥應該擺在哪裡？也就是說：在哪個位置下毒？樹才會死得快、死得澈底？

「哇！真得耍狠……」那樑感覺一陣陰寒，不禁左手撫右手、右手摸左手，搓掉一些雞皮疙瘩，不想自己嚇自己。

往下。

再往下。

那樑抱著樹根，感覺異常……異常地順暢。

樹根的邀請？

「樹根……在移動？」

「好像……」

「似乎是在讓路……或者開路……」

那樑點頭附和：「但是，我們是來餵毒的……」

57.

樹根是橋、是索，那椮用手攀抓的、用腳走踏的，都是根，由粗而細，由船上至船腹，代表深入；自縱而橫，意味著移動，大概是從肚子移往胸部。那椮暗自將人船一起比擬，怪異，但是有趣。

不然，「毒死一棵樹」，就太……太無理！

太無理啦！

那椮繼續循根前進，除了眼盲，全身觸感反而出人意外的……靈敏！

海葵亦然，她也發現：樹根各行其「道」，時而蔓延，時而擴張，分分合合，目的一樣，都是為了占據船艙。

58.

往下。

越往下，濕氣和空氣越是混融，黏上身，膩在毛孔，幾乎等於一場肉搏，無法甩脫，海葵抓抱樹根，不敢鬆手或者轉身，只能偶爾仰頭。

仰頭，越瞪越遠，那棟的燈已被厚黑吞噬。

厚黑代表高度，是空間，厚黑也代表分秒累加，是時間。

海葵歇口氣，輕聲問道：「還沒到底嗎？」

「到底？」那櫟並未暫停，只是鬆了手，回應：「根還挺粗的呢！」懂了。

海葵閉眼、睜眼，這樹下，看起來是一樣的，揣度時空果然必須依據樹根粗細，再說這個那櫟啊，有哥哥在就裝迷糊，落了單反而變得精明能幹？是不是在女孩面前逞強？

「別忘了：三天！注意時間……」海葵的提醒除了給那櫟，也給自己：「注意……」

「咦……水？」那樑驚問，因為踢到一股水流，而水流似乎正在蓄勢反彈。

哇……那樑驚呼。

啪嗒！

訝異的當下，那樑已經跌落，濺起一團水花。

海葵隨即鬆手，只能用「溜」的，趕到水邊伸手：「抓！抓住！」

「藥……毒藥給你……」

59.

一瞬之間，那樑腦際閃過直覺，他立刻掏出膠囊，握在手中，高舉……

「接住！」

那樑希望海葵接手，希望毒藥不會碰水……

60.

啊？

毒藥！

一瞬之間，海葵想接住膠囊，想先把毒藥藏了，立刻再遞出雙掌，撈人，然而，手腳跟不上思緒，身心分走，動靜衝突，把整個人拋入水中。

61.

一瞬之間，樹根大開，噴發煙霧，好像被什麼嗆到一樣。

「盯」在樹幹旁邊守候的那棟來不及躲閃，只能急忙閉眼、屏息。

糟了！底下有事！

怎麼回事？

快去！

那棟趁著煙霧褪散之隙，吐氣、憋氣，趁著樹根仍然「鬆口」，那棟抓緊綠燈，奮力跳縱！

三、撈撈捕捕島

一籃抓來一咫地
一網抓來一尺皮
撈撈捕捕鋪足下
捕捕撈撈謀千氂

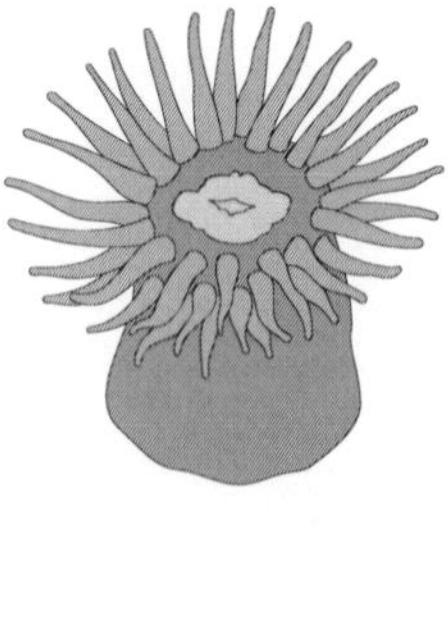

1.

歌，在嘴邊，為了哼哼不忘。
但是有菲一直抱怨：「把魚嚇走了！」
「那是因為妳的聲音太恐怖喔！」有芳開起玩笑。
「胡說。」有菲抗議，自己又把歌兒哼了一遍。
地皮。
足下。
鋪謀！幹嘛歌裡要講什麼計策！歌不像歌……
有菲果然聽見自己心裡的頹棄，那撞擊，大過潮聲。
有芳笑說：「別想太多，該做的還是得做。」
目的？
妳知道的：增加面積。
四隻眼睛交換問答。

「知道，知道，但是偶爾會懶得沒有道理……」有菲嘟唇。

有芳勸了：「留神，別跌進水裡。」

2.

有芳搖著小舟，把船身打直，慢慢划向地皮邊緣。

負責下錨的是有菲，她盯住最近的一支標桿，伸手一丟，繩圈套準，小舟有了羈絆，動力遞減，舟身慢慢晃盪。

「妳先下去。」

「嗯。」

有菲起身，抱起自己那一籃，皺眉，閉氣，轉身，跨出小舟，隨即把籃子擱下，仰躺，打開四肢，伸展身體，也放鬆精神。

「工作還沒完哪！」有芳提醒：「趕緊做一做，回家休息才會舒坦。」

好嘛……有菲心裡回應，癱瘓的意志瞬間緊繃。

3.

有菲大吸一口氣，蹲踞，把自己那一籃「漁獲」拉近自己，準備挑挑揀揀，篩選下一批「地皮」。

「一起做。」有芳暫時擱下自己的，打算先讓妹妹卸除這個活兒。

「小心。」有芳再次叮嚀：「別割了手。」

嗯！有菲點頭。

「最好是一大片一大片的，立即可用。」有芳向來理性，這會兒竟然做著癡夢似的，說著囈語？

「喔……」有菲詫異，隨即轉身，舉高手肘，趴伏，跪起，向著大海叨唸：「海神啊，聽見姊姊的願望了吧？魚啊，最好是一大條、一大條的。」

有菲伏身爬起，再伏低，額頭點地，表示虔敬。

有芳被逗笑了：「別弄神啦……」

弄神？有菲盯著姊姊，眼珠子滾溜：真有神，我一定要這麼求！明明就沒有……

「好吧……最好每一籃都是一條一條的大魚！巨大的魚！」有芳聳肩，語氣放軟，接著吸了一口氣：「妳知道的，不管什麼形狀，最後一定要好好剪貼才行。」

「當然！」有菲鼻子微哼。

但是，有芳喃喃自語：「未來，靠魚？」

4.

魚。

塑膠魚，就是地皮。

撈撈捕捕，從足下到千釐，直到百里。

這鋪謀，一定不是海神的教諭。

有芳和有菲一直都知道，這是大人堅持的一條定計，所以編了歌，把「鋪謀」灌進大家的耳朵，口傳口，而且口對心，一邊工作一邊也被自己說服了……

那麼，也許換個歌？就能換個人兒？

有芳眼睛一亮，抬頭看著妹妹，但是，這個主意暫且不能說……

不能在「地皮」上說。

5.

地皮會偷，偷話，有一句沒一句的，記下，錄下，傳到大人的耳朵。

是了，地皮竊聽，這是大家都知道卻不能張揚的暗事。

不過，容許各種有理無理的齟齬。

當然包括姊妹言語的嬉戲。

「真臭！」有菲猛地吐氣。

「不要憋氣啊，我說過了，小呼，小吸，輕輕呼吸，臭味被擠成一絲一絲的，就不會熏死妳！」

「哈……」有菲用力吐出一口氣，手指沒停，但是抬起肘子，用上臂掩鼻，看似偷偷吸氣，想要避開所有味道卻是白費算計。

可憐的傢伙……有芳疼惜，但是嘴邊叮嚀：「既然妳都憋慣了，再忍一下，動作加快，把這一籃挑完，妳就回去。」

有菲頓時開心，下一瞬卻沉下臉色：「再說！」

有芳明白：姊妹，把責任一起扛著。

倔強的傢伙……

有芳瞭解，所以唇邊綻笑：「那麼……比賽囉！」

6.

有芳盯入籃中，拉出一隻又一隻塑膠魚，口中嘖嘖：「是該感謝還是痛惡？」

「有沒有遇見水母，問一問牠們是羨慕還是忌妒？」有菲明白姊姊的意思，因此也從籃中拉起一隻，用反話表達酸楚。

可不，就是這些從海裡撈捕上來的塑膠魚，一隻隻，透明的，不死的，一籃又一籃，強韌的，永生的，貼成地皮。

足下。
鋪謀。
拓展小島面積。
「聰明的主意！」有芳知道這其實是大人的焦慮。
有菲嗤鼻：「就是捕不到魚！真魚！」
「下次咱們走遠一點。」
「還不夠遠嗎？」
「或許，咱們應該更早出船，不過……會淋上霧雨。」
霧雨？當真？有菲還沒碰過哩！
「好，下次咱們半夜出門！」有菲發了豪語。
還有霧雨之前的朝霾哪……
有菲看出姊姊眼中的期待與猶豫。
「管他會碰上什麼，只要抓魚！」有菲目光飄遠，似乎看見魚身躍起。
有芳問道：「妳行嗎？」
有菲立刻點頭，聳了肩頭，挺起胸膛，她說：「當然！」

7.

逞強。

不逞強也不行。

大人總是進一步想，想咫尺變成千里；而有芳必須退一步想，想三頓如常，不然，妹妹的肚子就會咕嚕、咕嚕唱！

有菲扯開塑膠魚，撕成條狀。

有芳說道：「太粗魯，會傷到自己。接下來，把這些魚曬乾。」

嗯……有菲點頭，鼻頭忽地湊近前胸，嗅了一下，她問：「這臭味，沾到我的身上？」

啊？這可不成！

「慢慢拉開，攤平，然後，把這些魚曬乾。」

「放屁！」

8.

「妳放屁。」有菲再說一次。

有芳怔疑，心想：妹妹什麼時候變得如此叛逆？

「屁啦！」有菲不得不用右手前臂壓住鼻孔，所以鼻音很濃：「屁！我是說真的，妳的屁好臭！」

「真臭！」有芳嗅了嗅，皺眉認同，的確有怪味！但是，她必須反駁：「不是我！」

「不是妳，難道是我？」

9.

「真的不是我。」

「也不是我啊。」先開口的人再次確認。

「不是我，不是妳，難道……」

姊姊瞧著妹妹，以為妹妹誣陷，是故意；妹妹瞪著姊姊，以為姊姊瞎說，仗著年紀。

兩雙眼睛互瞪，從懷疑過渡到噫嘻：姊妹之鬩，真沒道理！

竟然是為了塑膠魚！

有菲低眼，瞧自己正揪著一隻塑膠魚，而且湊近，她喃喃自語：「原來我的鼻子還管用哩……」

是的，塑膠魚難聞，但是還有更臭的！

「可不！人啊，會製造更臭的東西。」

「喔……所以，壞主意一定極臭無比。」

有菲想到哪裡去？

這是在臭味的日常裡挑趣！

有芳又被逗笑了，她盯住有菲的臉，順著下巴，瞧上胳臂，垃圾膚色，喔不！是被垃圾沾染的顏色，因為，在海上撈撈捕捕，牽一「法」而動全身，這「法」，是「趕盡殺絕」，一隻都不能放過！捕到了，撈夠了，免不了拿握，裝入籃中，再

用雙手抱攬，運回漁獲，過程中，塑膠魚的味道自然沾到身上，就算回到島上，這沿岸的地皮都是塑膠魚的屍身，也就是說，腳下仍是一堆垃圾。

而垃圾，經過時空波折，那臭啊，比霧雨還濃！

10.

霧雨起碼仍是海水的味道，用力嗅，仍然可以想像游動的生命。

但是，垃圾，是無形的渾厚之隔，阻擋呼吸。

塑膠魚，是海洋的垃圾，漂流海上，打弄時間，好像「永久」是一件容易的事情。

塑膠魚，也拍浮空間，完全輕視海洋的容積，一個勁兒地累滯，趕走真魚，占據潮汐。

不過，轉做「地皮」，洗脫「垃圾」之名，全然是始料未及。

11.

有菲抗議：「我可是比垃圾香喔，雖然已經流了一身汗……」

「噓！」有芳糾正：「拉脊！」

喔……有菲咬唇，懊惱，叮嚀自己：下次一定會記得！一定要記得！

的確，在撈撈捕捕島之上，「垃圾」有了新義，也就有了新語，一條一條塑膠魚拉成小島的背脊，所以要改說「拉脊」。

「拉脊……」有菲站起，伸展伸手，立即蹲下，唸了兩句：「那個島爸喔，只吵著要地皮。」

就連「島霸」也要叫成「島爸」才行。

「可是我的肚皮才是最要緊的……」

有芳笑道：「就知道妳又餓了！」

有菲壓著自己的肚皮，頭低低，她嘟著嘴：肚子餓，又不不是故意……

12.

「臭得要命！」一個低悶的喝嗔。

不是已經結束關於「臭味」的話題了嗎？

姊妹倆的眉頭同時皺起。

「真的沒人怪妳啊！」有菲說。

「只是要妳留意地皮……」有芳說。

姊妹對望，以為彼此還為「垃圾」與「拉脊」動氣；姊妹再瞧瞧對方，發現臉上的五官位置不符合那一個「臭」字的糟糕情緒。

有芳懷疑：是自己的影子道破心語？

有菲也覺得詭異：那一聲抱怨，淡淡的，聽起來跟「垃圾」與「拉脊」之間的爭議有些距離，那聲音裡面的嫌惡，不像姊妹倆長期矛盾之後的妥協與放棄。所以，那「臭」，是誰說的？。

有芳和有菲各自轉頭，尋找聲音。

一個看近，從腳下延伸出去，除了昨天鋪好的地皮，沒有別的東西，再瞧個仔

細，大抵只能計較針線稀鬆或者縝密，推估一下：多久補強？幾塊可以？另一個看遠，從最新立起的一支拉桿眺望，大海，動如不動，若有漂流物，等著，若被海流推上來，才好省了大家瞎忙，再近一些，算一算，一次撈完，得要用上幾個籃？幾張網？

然後，有芳報告：「沒人。」

有菲的答案也一樣，所以她問：「難不成是天……神？」

「別鬧了。」有芳板起臉孔，不過，她仍然仰頭，把天色瞄了一圈，在閃亮的，只有塑膠魚的「鱗」光。

是的，天空跟地皮並無兩樣……

接著，有芳嘆了長長的一口氣，說道：「大概是我們被薰暈了……」

幻聽？

唉……有菲跟著頹喪，她想：生活裡沒有幻想已經夠慘了，這下子，幻聽！這表示塑膠的餘毒更加嚴重了……

都怪大人！爭面積，吵地皮，讓大家的日夜沒個分野，工作沒得停歇。

說什麼「撈撈捕捕，建島大業」！

還有什麼「老老小小，剪剪貼貼」！

13.

就是造些漂亮的詞彙！

不能吃的東西！

「那些大人也不想想辦法，肚皮最大啦！」有菲憋著惱火。

有菲板起臉孔：「喂……我可不想肚皮脹到像鯨魚那麼大！」

啊，鯨魚，幹嘛用絕種的動物比擬！有芳懊惱，頹了肩膀，開錯玩笑，想收回，但是來不及……啊，鯨魚，吞了一肚子塑膠垃圾然後暴斃的可憐東西……

「哎呀……我是說『吃東西』！『食物』！」有菲直說，把用字擰回自己的意思。

「是！是！是！」

有芳懂的，她不能跟著動氣，她得安撫妹妹，慢慢把飢餓轉移：「是！肚皮最大！不過啊，剪剪貼貼也是挺有意思哪，拼手藝。」

「拼手藝？為啥？為誰？」有菲暴躁地說：「悶死魚？餓死自己！」

「好啦……我知道妳忍著，但是，氣也沒個道理啊……不能垮了身體，是不

是？」有芳知道妹妹的確拆穿了現實。

嗯！有菲點頭。

姊妹倆各自收了唇舌，改用手指挑剔。

目標是：塑膠魚。

任務是：讓「垃圾」變成「拉脊」。

14.

「哇……真臭啊！」那個聲音再次響起，而且提高了，表示著急：「誰來拉我一把……不能呼吸……」

呼吸？

哪裡不能呼吸？

有菲想起那一次恐怖的經歷：她掉落地皮，一瞬間，沒入海水，她閉氣，她伸頸，希望下一瞬鑽出水面，但是，海流將她帶離，怎麼鑽、怎麼頂，都是「地

皮」，強韌無比的「地皮」！

不能呼吸！

怎能呼吸？儘管「地皮」之間有縫隙，因為有人手藝差勁，沒接好，或者不夠縝密，一經時日，踩來踩去，遲早有個倒楣的，踩進縫中，掉落海裡，四面八方都是塑膠地皮，不能鑽出頭來，當然無法呼吸……

呼吸！有菲胸口霎時綳緊。

萬一沒人發現……

不能呼吸！

不能呼吸！

有菲一震，回過神來：所以，真的有人掉進海裡！

「救命！」有菲大喊。

15.

趕緊拔縫！

拆線太慢！

有菲立即掄起桿子，帶鉤的那一頭，使勁，戳！

「不行啊！」有芳喝止，但是已經來不及。

「住手！」一艘船吆喝。

另一艘也過來斥責：「侵害國土！」

救人！

已經露出小縫，有菲擱下桿子，索性用手！

「游過來！快！」有菲扯開喉嚨，出聲指引：「洞在這裡！」

有菲知道那恐懼，滅頂……

「讓開！讓我們來！」

「挖洞！」

兩個大人擱下船、跳上岸，用手肘推開有菲，分站兩邊，一個合力，扯開了

「地皮」，等候一秒，不見人頭鑽出洞口，於是，兩個大人蹲下身體，一個伸手，準備接應，可是，往水裡撈了撈，沒有東西。

另一個於是探頭，埋入水裡，睜開眼睛，找了找，也沒見什麼身影。

「人呢？」

「誰說有人掉進地皮？」

兩個大人站起，同時究問，眼珠子幾乎就像那地洞，可以塞進一個人，而這個人，當然就是有菲了。

有菲，怔愣，無語。

16.

「我們真的聽到呼救！」姊姊挺身辯護。

妹妹點頭。

那麼，人呢？

要不……鬼影子呢？

東巡官往東望去，西巡官往西，然後，一個朝北，一個朝南，四隻眼睛把四個方位瞄了瞄，海面平靜，地面安寧，這時候，大部分的人都去剪剪貼貼了，就這一對姊妹，慢吞吞的，小舟一隻，撈撈捕捕的「漁獲」也是小量。

「嘴上嘟嘟囔囔，手邊摸摸索索，慢吞吞！」東巡官瞪眼，插腰，腰間繫著一個大嘴巴，似在幫腔，嘈嘈響著語意不清的聲音。

「滿腦子想著肚子，拖延正事！」西巡官腰間也掛一個大嘴巴，字字句句，正是姊妹倆上岸之後的咿咿哇哇、吱吱喳喳。

啊！果然被錄音了！

有芳還聽見自己的嘆息。

有菲甚至聽見自己的肚子咚咚敲打。

姊妹倆臉頰滾燙，無從辯解。

「臭屁！」還是那個聲音。

難不成是「大嘴巴」故障？

兩個巡官拉起腰間的「大嘴巴」，湊近耳朵，此刻，兩隻「大嘴巴」竟然出奇地安靜，沒有任何雜音。

「出來！」兩個巡官扯開喉嚨。

17.

出來？

從哪裡？

有芳抬頭，天？空的，一縷雲瞬間消散，好像急著避開衝突，不想惹上麻煩。

有菲迅速掃視地皮，縫隙？若真有，就怕露頭之際已經奄奄一息……

東巡官對著面前的空氣大吼：「別躲！」

西巡官發現動靜，用手一指，同時肯定自己的判斷：「是魚！魚在推擠！」

下一瞬，西巡官跑向自己的小船，拿了杆，戳向姊妹倆的小舟裡面，質問：

「一直都在偷藏漁獲喔？」

哪有！

「只是垃圾！」有菲反駁。

「拉脊！」有芳隨即更正，心口砰砰擔憂：「不都是塑膠魚嘛！」

「可惡！還不滾開！」又是那個聲音。

魚？說話？

那個聲音竟然打斷兩個巡官的唬眼以及逞勢……

是的，從頭到尾都是那個聲音在叫罵……

有菲搶到前面，擋開西巡官的杆子，低身，查探，雖然她得掩口，但是聲音帶著興奮：「是美人魚！」

18.

「開什麼玩笑！」

「鬼扯！」

兩個巡官一邊笑一邊罵，一面趨近，一面認定那確實是一隻魚，絕對不是美人！

「交上去！」這是規定。

「做成魚飼料！」這是慣例。

依規定，照慣例，兩個巡官當下裁決。

不行！

有菲不打算讓步，她轉身，張開雙臂，護住一個蠕動的身軀，她說：「是我們捕到的！」

有芳趕忙補充：「妹妹一定是暈頭了，這附近哪有活魚！一定是塑膠魚啦！塑膠太繃了，揪一下、動一下，見慣哩！還是交給我們，我們會趕快做成拉脊！」

兩個巡官忽略兩個姊妹的言語。

「活的！」東巡官指著船內那一條不停滾動的東西。

「說不定……真是美人魚喔！」西巡官的玩笑帶刺，也帶著一絲驚懼。

「滾——開——」是魚聲，暴怒。

魚身掙扎，下一秒，爆開，皮肉四飛。

哇！

四雙手，舉高，遮臉，打算把「血肉」擋下，不料，彈開的盡是塑膠，一條條，像捆索，還有一片片的，軟軟的，皮下……皮？

魚？

19.

「我得洗洗身體！」魚說。

喔不！是一個人！

一個女孩！她撇著唇，撅著嘴，絲毫不理面前的詫惡。

兩個姊妹睜眼，努力回想撈捕作業在哪裡出了錯？

怎麼會撈個人來？而且一直沒有察覺呢？

果然是活的！兩個巡官挑眉，看來私藏漁獲果然不假，應該想想辦法，不能讓「摸魚」惡行再蔓延了。

「沒問題！」東巡官笑了，點頭：「跟我們走！」

「不行！人是我們捕到的！」有菲反對。

西巡官立刻喝令：「妳們趕快處理拉脊！」

看著散落的塑膠，有菲出了一個主意：「讓她幫忙，反正她已經髒到底！」

髒到底？

女孩檢查自己，才看手臂，霎時大驚：「黏——涕涕！」

東巡官偏頭，瞅著：「不如妳先跳進海裡吧！」

西巡官同意，瞧著：「免得妳汙染咱們的水源！」

「但是妳得接受審問，不准逃走！」

「我盯著！」有芳攬事，面上凶狠，心中竊喜，因為她想搶先發問，探一探女孩的底細……

「也好！妳們姊妹一起過來，還有事情必須交代喔……」

「就說沒有摸魚嘛！」有菲覺得氣惱。

有芳攬抱妹妹的肩頭，暗暗使力掐緊，一張臉朝著兩個巡官允諾：「當然，我們等一下就一起過去解釋！」

20.

巡邏船划開，一艘往東，一艘往西，兩個巡官分頭，一個繞行「黑」地皮，一個循著「白」地皮的外側，緩緩擺，慢慢盪。

黑地皮，光照降解，產生黑渣，本來打算拿來種菜，但是，完美的技術尚未研究出來，也許還得等上十載，但是目前勉強能用，可以植栽。

而白地皮，不霉、不腐、不爛，越曬越強韌，一攤，壓迫海水，攤出平地來，一塊接一塊，可以一踩再踩。

21.

「大嘴巴！」有菲狠狠瞪著東巡官腰間那隻「囉哩」。

有芳則是瞧著西巡官腰間那隻「囉唆」，心裡警戒，先使了眼色，再挑玩笑的

話說：「妳才是大嘴巴呢……」

「怎麼妳也囉哩囉唆？」

有芳皺眉，覺得妹妹的脾氣今天特別火？

「妳們倆個不相上下！」

誰插話？

咦？

啊！差點忘了！

有芳和有菲猛然記起：美人魚……

22.

「妳該不會真的是美人魚吧？為了上岸，交出什麼？」有菲仍然執著在童話敘述裡的虛像。

有芳卻問：「哪裡受傷了？」

對了，呼吸！

有菲急喘，彷如自己撿回氣息一般。

女孩活動手腳，上下檢視，最後拉出黑油油的一綹，滿臉沮喪：「頭好重。」

是頭髮重吧？

海鳥的羽毛就是那樣……

有菲憶起：有一次撈到鳥屍，無肉，肚子全是塑膠垃圾，而羽毛裡撈集了一路的油汙，從那個海到這個洋，最後落得什麼都不是，甚至當不成「拉脊」，完全沒有島爸口中所謂的「剩餘價值」，所以又被丟回海裡……

「怎麼回事？」女孩看著苦悶的有菲問道，完全忘記自己的要事。

「待會兒再說，先解決妳的問題。」有芳催促：「真的，不如妳先跳進海裡，洗一洗，大海願意為妳承受這些髒汙的。」

喔？承受？這話又是包含什麼酸楚呢？

女孩溜著眼睛，瞧著姊妹倆，看見相似的積鬱，但是，看來姊姊更懂得矯飾，有一抹被拉提得完美的微笑，掛在嘴角，顯示：快樂剛好，足以除臭。

23.

快樂剛好？應該還能做些什麼呢？

女孩跳進海裡，趁隙，把前情想了一遍：拖拖拉拉不行，偷偷摸摸不行，此島撈撈捕捕，大概是跟那個「拉脊」有什麼關係？

24.

「這一條粗粗的……」有菲拉起女孩背後的頭髮，問道：「你去過哪裡？頭髮不像絲……」

喔？

女孩轉頭，伸手，接下有菲手上的髮「根」，湊近眼前，然後說明：「這是樹根。」

樹根？

有菲睜大眼睛，整個人回了神：「樹，在哪裡？」

「哪裡？」有芳也問，但是把重點放在女孩身上：「妳，來自哪裡？」

女孩舉起手指，停頓，眼珠溜了一圈，表示正在考慮，但是手指一直沒有確定，所以停留，指尖向上指著。

「上面？哪兒？」有芳皺眉。

「怎麼被捲成美人魚？」有菲還沒忘記，那一幕超現實的停格。

忘記美人魚！

有芳瞪著妹妹，半嗔半喜，換追別的問題：「先說名字叫什麼！」

「海葵。」

嗯……

是陸上之花？

還是海中之魚？

有芳和有菲對望，似乎交換著疑惑：沒聽過呢……

海葵心中則是琢磨：在這個島，怎麼玩？

25.

「走囉。」
「不是還有工作？」
「擱下囉！」有芳決定：「明天再來趕一趕。」
是喔！找個理由搪塞過去！
有菲同意姊姊的決定，「垃圾」變「拉脊」是唯一的工作，今天的進度跟昨天一樣，明天也不必比今天多，總之，逃不了，何苦認真！
有菲立刻轉向女孩：「去洗澡囉！」
「真的？」海葵眼睛一亮，「這兒，有乾淨的水嗎？」
海葵放眼四處，平坦的「地方」，不是黑，就是白，乾巴巴的，哪兒有濕潤的水紋？
「當然！」有菲搶著炫耀：「拉脊之外才是我們的田園。」
「拉脊之內！」有芳糾正。
「田園？」這下子換成海葵瞪大眼睛，口中含糊地問：「怎麼可能？這兒？」

「不然，妳以為我們喝什麼？吃什麼？」有芳給了一個苦笑。

走囉！

洗澡去！

地皮也上上下下震盪，因為，有菲蹦蹦跳跳，因為啊，一想起洗澡，有菲就會換個人似的，像什麼哪？

姊姊有芳微笑，心裡想著：魚啊！可愛的美人魚啊！

26.

踩著白地皮，看著黑地皮，海葵跟著兩個姊妹，一步一晃，視界裡，黑白撞在一起，她覺得頭暈。

哪兒有田園？

哪兒有水源？

越走越懷疑，海葵一肚子的悶淹，慢慢淹，慢慢衝上頭頸。

「別再跳了……」海葵撬著嘴巴，這暈，在肚子裡已經開始翻騰。

有芳出聲告訴妹妹：「妳快跑，饒了地皮。」

其實是饒了我吧！海葵皺眉。

「好！我幫妳們搶位置。」這話，瞬間說完，幾乎沒有尾音，而說話的人也不見背影。

海葵的眉頭糾得更近，口中嘟噥：「洗澡竟然還要占位置？」

「當然！只有那一個位置……」有芳點頭，眼睛一瞇，藏著謎。

啊？海葵抓起頭髮，順手一束，逼出一些海水，頭輕了一些，但是，身體仍然搖晃，因為有芳的腳步沉重，一提一踏，便製造了搖晃，而且，有芳的心情，也不像妹妹那麼雀躍。

「小心，走穩！」有芳湊近，趁著搭扶之際，她在海葵的胸懷裡丟了一句：「妳得幫忙拔掉世界的塞子。」

幫忙？

誰？我？

幫妳們？

27.

看著有芳的背影，海葵怎麼也想不透。

海葵的頭更暈了，有沒有聽錯？她的耳內悶沌，這塑膠，鋪天蓋地，濤浪被壓得透不過氣，說不定世界也是被壓得扁平？

有芳卻又轉頭丟下一句：「洗澡時間動手，拔掉塞子。」

洗澡時間？

這世界……有塞子？

28.

正當海葵低頭臆想之時，一片新綠搶入眼簾，海葵瞠目，大感驚奇，她自言自語：「黑白後面竟然藏綠！」

一間一間屋子，站在水上，排列整齊，屋頂是兩個斜面，底下便能遮避。可見之處，不是攀著藤，便是爬著蔓，屋前一塊一塊的小池，四四方方，搭蓋著竹棚，棚上也是爬滿綠意，各色蔬果，有的露，有的藏。

一個婦人泡在水中，露出上半身，意思是：水淺？

有個廣口瓶漂在婦人前面，婦人移動，水動，瓶子便往前漂動。幾隻鴨子則是跟在婦人後面，各自優游，偶爾躍進，搶食蔬果，那是婦人撿剩的？還是特意要餵的？

有芳伸出手指，一次便點齊了眼前景致的動靜，她說：「漂浮菜園，我們的食物有一半種在裡頭。」

夠不夠？

所以另一半呢？

有芳挑眉，帶著讚賞的神色，沒有正面回答，但是，那意思似乎在說：妳問對重點了！

所以，幹嘛不說？

「先洗澡去！」有芳一下子就轉進別個話題。

29.

別急！

有芳聽見自己心裡有朦朧的命令安定情緒，下一瞬，便響到耳際，在從口中吐出。

注意！

「厚臉皮。」有芳指著一個方向。

誰？

海葵定睛一看，兩個巡官正在泊船，一前一後，踏上一塊大草皮？

草皮？遠望，只見一個很大的平面。

可那綠，有些怪異！

30.

「過來！」一聲高呼，是東巡官在招手。

一旁的西巡官也調侃著：「該不會想逃走吧？」

「才不會呢！」有菲突然鑽出，就在西巡官的身後。

西巡官一愣，稍稍發了火：「私闖！」

有菲沒被威喝嚇著，她神閒氣定地說：「我剛好在澡塘，所以乾脆游過來，不是要我們解釋什麼東西嗎？」

「那也不准悄悄爬上島爸的『厚臉皮』！」

「沒錯！先登記！」

有菲這會兒果真是厚起臉皮，她說：「來不及！」

妳！妳……兩個巡官瞪著有菲，仰鼻，直呼：厚臉皮！

有菲卻早已躲進入水裡。

31.

是了，「厚臉皮」在島嶼中央，木屋都得向它看齊。

沒有建物，「厚臉皮」僅僅只是一片地皮，說是「厚」，並不知道究竟疊了幾層地皮，既不見黑也不見白，所以，綠色假得可疑，更假的是那棵大樹，不知輕重，佇立，似乎完全忽略眼睛乍見的詫異。

而且，這「厚臉皮」逕自旋轉，緩緩，不停。

所以，海葵無法平衡的，除了頭暈，又加上時空的交集，「厚臉皮」，把「存在」平面化了，這剪剪貼貼而成的島嶼，除了海水，難道只有表面積？

沒有深度，正是謎中謎。

32.

縱的，串接屋子與屋子的通道，沒有拐繞，直直的一條棧道，也是竹子鋪架的，似乎就從最遠串到最近，讓所有屋子都可以抵達「厚臉皮」。反之，從「厚臉皮」出發，想去哪裡就去哪裡，若從「厚臉皮」看出去，棧道便是風的通道，也是放送的管道，任何指令，一吆喝，從最近傳到最遠，大家都聽到，不用特別留意。

橫的，左右之間，若不是跳進水裡，就得划著一條船，繞到外圍，轉入另一條，進進出出，挺麻煩的！

也就是說，通道其實阻難屋子與屋子之間的聯繫。

懂了！海葵知道：這是為了方便管制，是「霸道」。

有芳不動唇，但是喉頭叨叨：「島爸，島霸，安靜一點，別惹他。」

這是叮嚀還是警告？

海葵點頭，但是心裡擱著疑問：明裡來，暗裡去，還說要拔掉世界的塞子？這個姊姊了不起！

33.

「我要講話！」一句豪語，從水中竄出，霎時占據整張「厚臉皮」。

是有菲，不想繼續藏在水裡。

是有菲，不想繼續隱藏心緒。

34.

有菲啊有菲！

這個教人頭疼的妹妹……

身為姊姊的，此刻並不焦急，有芳悠悠地說：「她憋得夠久了，就讓她替大家說上幾句。」

海葵望著有芳後背，眉頭揪緊，心裡嘖了一句：這妹妹真是狂得可以……但是

力氣……只夠踩死一隻螞蟻？

然而，低頭一瞧，咦？海葵發現這「厚臉皮」乾淨得相當詭異。

「難道這不是地皮？」海葵喃喃自語。

「萬能地皮，能種樹的。」有芳回頭給了一個眼神，又補上一句：「而且，樹是真的。」

海葵停下腳步，左右張望，的確，那漂浮菜園的綠色應該是真的，每一間屋子都種著植物，有藤有蔓，結了果，有生有熟，一定是真的！至於「厚臉皮」上面那一棵，樹大並不招風，儘管海葵感覺耳邊清涼，那應該是海上氣流，然而，樹葉全然沒有搖動……

35.

一蹬上「厚臉皮」，有菲甩了甩身體。

兩個巡官只得與她拉開距離，不想被噴濕，何況，已經來不及阻止了，乾脆放

她自己去找碴尋鬧。

有菲衝著島爸。

有菲隨即邁步走向大樹，她臉上毫無畏懼，同時忽略全身的水滴奔瀉，這麼一動，身體竟然乾了一大半哩！

莫非，海水也是假的？

海葵又發現一個疑點，心裡不禁嘟噥：這島，有太多問題……

36.

「我們到底在幹嘛？」有菲丟出一個大問題。

一站定，有菲刻意留在樹蔭之外，和島爸保持一些距離。

「明天，更多的明天，一直撈撈捕補，一直製造地皮？」有菲插腰，擠出一連串質疑西，但是仍把憤怒掐在肚子裡。

島爸躺著，就在樹上，原來，主幹岔成兩個分枝，如拱，好像是大樹將島爸捧

在雙手，又如巢，好像島爸「窩」在樹上，總之，那兒，是一處可以一眼看盡所有屋子的最佳位置。

「妳再說一遍。」島爸偏頭，挖耳。

「我說：『這麼多地皮到底要做什麼？』」

「對嘛，這才是真正的問題。」

「但是我累了，大家都累了。」

島爸微笑：「妳怎麼知道？」

有菲耳根開始微微發燙：「起碼我和姊姊都累了……」

「沒有人來抱怨啊？」

「一定有的，不然問巡官……」有菲忽然想到：「大嘴巴！對了！去聽錄音！」

有菲趕緊挺起胸膛，因為自己找到理論的佐證啦！

兩個巡官立即上前，分別揪起自己腰間的「大嘴巴」。

嘈嘈雜雜。

咿咿呀呀。

「我只聽到歌聲，快樂的歌聲呀！」島爸眉山一挑，翹起嘴唇，他翹起嘴角，

說道：「這表示大家都很開心，不是嗎？」

東巡官哈腰。

西巡官點頭。

有菲脹紅臉頰：「騙誰啦！」

37.

轉身就跑，有菲胸口鼓脹，跳進水裡，好一會兒都沒見她浮出水面。

「不管她可以嗎？」海葵擔心地問。

姊姊有芳緩緩深呼吸，好像代替妹妹吞進所有悶鬱與躁急，她轉身朝著大樹，然後輕輕說了一句：「讓她去……她已經演了一場好戲……」

演戲？

故意挑釁？

目的？

海葵來不及細問，立刻聽到姊姊有芳又丟出另外一句：「拔掉塞子，拔掉塞子必須解決一切問題！」

決意？

38.

綠！

臉綠！

島爸和兩個巡官的臉上一陣青、一陣綠，不是因為樹蔭閃爍在陽光之下的反射，而是震驚，還有，被戳破陰謀的慌張。

39.

海葵暗暗叫好卻又吊膽，明明有芳自己說：不要招惹大人……

但是，這麼看來，有芳其實故意刺穿平面時空的假象，也就是說，世界的塞子的確存在，而且，一旦拔了……

哎呀！有芳到底有何盤算？

姊妹倆，怎能倚重我這個外人？

海葵握起雙拳，因為她看見有芳悄悄挪動腳跟……

40.

「拔掉塞子！」有芳高呼。

這一聲，從「厚臉皮」竄向四方，如鼓，如令。

海葵站在原處，眼前沒有動靜，但是隱約感覺哪兒起了騷動？

41.

島爸吃驚，從樹上滾落隨即爬起，卻又立刻衝向大樹，拍打粗幹之瘤，大喊：

「快攔！」

是！

兩個巡官理解這個舉動的意涵：飛！快！

不必交談，已經達成一致行動：「切開地皮！」

是了，切開「厚臉皮」，才會來得及！

就在島爸拍打樹瘤那一瞬，「厚臉皮」震動，分裂，一半向東，一半往西，恰似兩個巡官的轄區。

此刻，兩個巡官攀住大樹，一個抓左，一個抓右，抓穩了，因為「厚臉皮」鼓起，膨脹，緩緩浮飄，變成一隻飛船了！

42.

海葵握起雙拳，提起心口，準備……

有芳一定很快就有動作！

果然，有芳一個吆喝，同時轉身，便往水中一跳。

「等我！」海葵遲了一秒，而這一秒包含太多琢磨：說走就走？去哪兒？我還得深深呼吸喔！我才從海裡上來呢！

哎呀！

種種囉唆，仍得奔縱。

海葵跟著，跟緊有芳。

這水，感覺好薄，薄得沒有重量，手一伸、腳一蹭似乎就能游飛了，但是，游去哪兒？

對了！世界的塞子！

這姊妹，到底想做什麼？

43.

兩個巡官展現默契，一個看東，一個看西，同時打開「大嘴巴」，聆聽一切動靜。

飛船不再只是「厚臉皮」，它裂開了，左右展開變成翅翼，夾著一個透明的大肚子，居住的環境！一、二、三層，是了，島爸就住在那裡！

44.

海葵在水下瞥見一隻大蟲飛起。

有芳則半秒未歇，游向澡塘……

妹妹有菲應該已經先到了，而且把人全都趕出水域……

45.

「看到了！」東巡官撈起腰間的「大嘴巴」，嘴對嘴，講話。

西巡官也對著「大嘴巴」大聲報告：「距離澡塘還有十條地皮。」

十條？

東巡官轉頭看著夥伴，眼神複雜，意思是：你未免數得太精準了！

忽然，兩隻「大嘴巴」用同一句話回答：「衝！」

遵命！

兩個巡官暗自挪動手掌，把身子站穩了，接著，微微墊起腳尖，磨磨底下，感覺底下的「厚臉皮」好像會幫忙頂一下。

「準備……」東巡官望著夥伴，頭一遭啊！

「原來景緻還不差……」西巡官回頭，看見漂浮菜園的綠意盈盈。

「萬一塞子被拔掉了……」

西巡官猛搖頭，所以話語跟著發抖：「不敢想像！」

46.

誰也沒料到：世界竟然有塞子！

住這麼久，撈撈捕捕的，這一片海洋，怎麼可能是假的？

有芳搖頭，但是水流吃掉她的力氣，因此，她的疑惑未被跟隨在後的海葵識破，看起來僅僅只是身體發抖。

不是因為水冷。

見詭！

所以，有芳頭也不回，她游呀游……

看在海葵眼裡，那是使勁，那是焦慮，因為大事即將發生！

47.

在那裡！
在那裡！
澡塘邊，島民們仰頭指指點點，奇景！

48.

在哪裡？
在哪裡？
海葵抬頭，竄出水面一秒，她瞥見一隻飛船，隨即趕緊沒入，水中無人阻擾，漫無目的卻是最大的麻煩，因為她根本不知道「塞子」長什麼樣子，更不知道在哪個位置。

而有芳，竟然不見身影！

海葵心裡著慌，停下手腳，索性站在水中，以靜制動。

49.

水上不動的，是飛船，兩個巡官各據一個樹幹，等待島爸發令，必須一次就射中標的。

不動的，還有澡塘邊上，一個個仰頭翹望的島民，有的半赤裸，還沒來得及穿上衣服，有的乾脆只用大巾把身體裹著，一個個滿腹納悶，既沒見過飛船，更不知道它想怎樣。

至於熟識有芳與有菲這一對姊妹的人就會在嘴裡呶嚷：「別又弄出什麼債事，破壞太平！」

小島的太平。

就像地皮，以及一張張快樂的臉皮。

都是假的。

50.

海葵輕擺手腳，她發現：周身的水流一旦安定，色澤就變得澄淨，相對的，翻攪之處顯得混濁，有人！

這麼一來，才好找人。

忽然，一個招手，意思是：快來！就差一個妳！

喔不！是兩個頭，一個猛點，一個鑽出水面大喊：「快來！拔掉塞子！」

在這兒！

51.

下水去攔已經來不及。

只有一計。

「發射！」島爸手掌一拍，控制面板上一個鮮紅色的按鈕立即轉暗，表示動了機關。

機關是：一顆鋼彈。

兩個巡官攀在樹幹，有「驚」無「險」：小驚，嚇了一跳，感覺像是「厚臉皮」吐了一口痰，無險，是因為那鋼彈不帶火藥，沒有爆炸的危險。

東巡官張嘴直呼：「沒見過！」

「有用嗎？」西巡官的眼珠瞪鬥了。

這一記，抛落的鋼彈，體積加上重力……

52.

啊……什麼東西？

啊！快躲！

救命！

驚懼和懷疑趕走澡塘邊上的人群，不過，仍然有人回頭注目，也有人用眼角瞄著，因為好奇……

53.

三個女孩感覺彼此的手勁，悶哼的一聲「啵」，盪開，盪在水裡。

開了！

世界的塞子拔掉了！

然後呢？

三個女孩三種狂喜，因為合力，但是一瞬之後，霹靂，從天而降，一個巨大的黑影逼壓而來。

閃開！

誰也沒想到：世界洞開，這洞，是塞子被鋼彈砸裂了。

澡塘的水傾瀉而下……

誰也沒能逃開。

海葵，妳輸了。

遊戲結束

重置關卡
回主選單

後記

圈圈叉叉

我喜歡「島」。

做為文學隱喻，「島」是冒險與陌生之地。

做為物種起源，「島」是封閉與變異。

就地理而言，「島」，有政治意涵，相對於幅員遼闊的大板塊，觸及強弱，論及歸屬，「島」，可能出現身分爭議。「島」，也是經濟語言，或中繼、或另起，在大洋之上，風向與潮流日夜變化，時間與空間相互衝擊。

在這部小說裡，「島」被我拿來做為敘述的地景，當成遊戲基地，探索各種意義，因此，它是「奇異島」，是交織真實與幻想的場域；它也是「歧義島」，是一個故事的母體，承載並且衍生諸多詮釋。

從另一個角度來看，被海洋包圍的「島」，如「井」，只能看見自身，跳脫或有活路，因此，「島」的未來可比「井」字棋，一步一步，「圈圈叉叉」，這島到

那島，前進，一著一著連成輸贏。

而「圈圈叉叉」，指的是《OXO》，這「井」字棋，據說是早期電子遊戲史中最早的遊戲之一。如今更常見的，是用紙筆對奕，因此，在這部小說裡，改以文字轉譯，進入虛擬。

虛擬，便又扣上最初的「圈圈叉叉」設計：遊戲、玩家、互動、輸贏。也就是說，玩家代號「海葵」，登入，步上實境，島內冒險開始了，三個島，三種生態，人文與地理也不相同。那麼，設身處地之餘，「海葵」是旁觀還是介入？能不能破解島上的難題？逃脫困境？

遊戲就是小說。

機會只有三次。

對於「海葵」來說，過程無可倒逆。

不過，對於小說讀者而言，如觀棋，或能發現機關，探究輸贏的道理；更可以反覆咀嚼，因為，隨機抽讀也是樂趣之一。

我喜歡「島」。

有時候，「島」乃狀態，身心所棲。
更多時候，動筆便是泅游，字面上下，便做海葵，這裡來，那裡去。

蘇善　二〇一六年夏末初稿
二〇一七年仲夏定稿

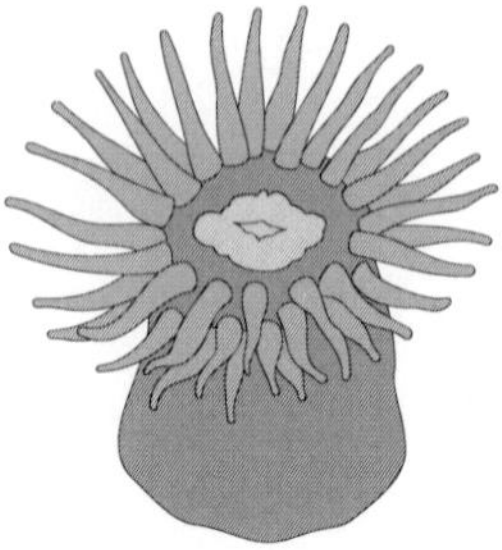

少年文學44　PG1820

島游4.0

作者／蘇善
責任編輯／徐佑驊
圖文排版／周妤靜
封面設計／楊廣榕
出版策劃／秀威少年
製作發行／秀威資訊科技股份有限公司
114 台北市內湖區瑞光路76巷65號1樓
電話：+886-2-2796-3638
傳真：+886-2-2796-1377
服務信箱：service@showwe.com.tw
http://www.showwe.com.tw

郵政劃撥／19563868
戶名：秀威資訊科技股份有限公司
展售門市／國家書店【松江門市】
104 台北市中山區松江路209號1樓
電話：+886-2-2518-0207
傳真：+886-2-2518-0778

網路訂購／秀威網路書店：http://store.showwe.tw
國家網路書店：http://www.govbooks.com.tw
法律顧問／毛國樑　律師

總經銷／聯寶國際文化事業有限公司
221新北市汐止區康寧街169巷27號8樓
電話：+886-2-2695-4083
傳真：+886-2-2695-4087

出版日期／2017年9月　BOD一版　**定價**／250元
ISBN／978-986-5731-77-9

秀威少年
SHOWWE YOUNG

國家圖書館出版品預行編目

島游4.0 / 蘇善著. -- 一版. -- 臺北市 : 秀威少年,
2017.09
面； 公分. -- (少年文學 ; 44)
BOD版
ISBN 978-986-5731-77-9(平裝)

859.6 106012221

讀者回函卡

感謝您購買本書，為提升服務品質，請填妥以下資料，將讀者回函卡直接寄回或傳真本公司，收到您的寶貴意見後，我們會收藏記錄及檢討，謝謝！

如您需要了解本公司最新出版書目、購書優惠或企劃活動，歡迎您上網查詢或下載相關資料：http:// www.showwe.com.tw

您購買的書名：________________________________

出生日期：________年________月________日

學歷：□高中（含）以下　□大專　□研究所（含）以上

職業：□製造業　□金融業　□資訊業　□軍警　□傳播業　□自由業

□服務業　□公務員　□教職　□學生　□家管　□其它______

購書地點：□網路書店　□實體書店　□書展　□郵購　□贈閱　□其他

您從何得知本書的消息？

□網路書店　□實體書店　□網路搜尋　□電子報　□書訊　□雜誌

□傳播媒體　□親友推薦　□網站推薦　□部落格　□其他__________

您對本書的評價：（請填代號　1.非常滿意　2.滿意　3.尚可　4.再改進）

封面設計____　版面編排____　內容____　文／譯筆____　價格____

讀完書後您覺得：

□很有收穫　□有收穫　□收穫不多　□沒收穫

對我們的建議：________________________________

____

____

____

請貼
郵票

11466
台北市內湖區瑞光路 76 巷 65 號 1 樓
秀威資訊科技股份有限公司 收
BOD 數位出版事業部

（請沿線對折寄回，謝謝！）

姓　　名：＿＿＿＿＿＿＿＿　年齡：＿＿＿＿　性別：□女　□男

郵遞區號：□□□□□

地　　址：＿＿＿＿＿＿＿＿＿＿＿＿＿＿＿＿

聯絡電話：(日) ＿＿＿＿＿＿＿＿ (夜) ＿＿＿＿＿＿＿＿

E-mail：＿＿＿＿＿＿＿＿＿＿＿＿＿＿＿＿